超能力者――

それは、忌み嫌われるもの

混乱をもたらすもの

そして価値観の荒野を切り開くもの

美少女とは、斬る事と見つけたり

入間人間

イラスト／珈琲貴族

その一帯にあるはずのものは誰の目にも映らなくなっていた。

家屋、電信柱、人。

上空を遮《さえぎ》るものはなく、荒涼《こうりょう》とした大地は水平を支配する。

町を形作るすべてが残骸《ざんがい》を残さず、消失していた。

しかしあるはずのものがない舞台に、あるべきものは揃《そろ》っている。

二人がいた。

対峙《たいじ》するは少女、そして、怪人《かいじん》。

クチバシの伸びた被《かぶ》り物で頭部を覆《おお》った怪人と、制服を着た少女が向かい合い、今まさにお互いが距離を詰めて雌雄《しゆう》を決しようとしていた。

少女の得物《えもの》は日本刀。しかし奇怪なことに、その刀を口で従わせていた。柄《つか》の部分をくわえて水平に構えた刀は未《いま》だ鞘《さや》に収まり、少女の双眸《そうぼう》と同様に硬く、冷たい。歯と顎《あご》で鋼《はがね》の塊《かたまり》を支えながら、笛《ふえ》を吹くように穏《おだ》やかな口もとはそれだけで異様だったが、垂れ下がった亡者《もうじゃ》のような両腕と、靴を脱《ぬ》いだ両足がその異質さをより際立《きわだ》たせていく。

対する怪人《かいじん》は素手《すで》でありながら、中段の構えを取ってすり足で動く。時を刻《きざ》む度《たび》、怪人の手袋を纏《まと》った手が震《ふる》える。虚空《こくう》を握《にぎ》り潰《つぶ》す仕草《しぐさ》がそれを戒《いまし》め、怪人を律《りつ》する。その動きを深めていくと次第《しだい》、手袋の奥の指が第二関節より上を外側へ反《そ》れていく。怪異の風体《ふうてい》に似合わない背筋《せすじ》と姿勢の正しき在《あ》り方の中でようやく、その姿に相応《ふさわ》しき異形《いぎょう》を見せ始める。

空を行く雲の一片として、或《ある》いは地を微動だにさせないまま、音だけを巻き上げる風のように、その景色の一部として静かに二人が進む。

数秒後に訪れる決着を、垣間《かいま》見るために。

少女と怪人の『刃』は、お互いを切り開く。

穏《おだ》やかだった少女の口もとが剝《む》く。白妙《しらたえ》の歯と、嚙《か》み締《し》めた刀の柄《つか》を見せつける。

口端《こうたん》は波を描き、迫《せ》り上がる頰《ほお》には険《けわ》しい山を抱く。

それは正面から見る者には、歓喜に満ち足りた笑顔のようでもあった。

なぜ少女は奇抜な構えで怪人の首を狙《ねら》うのか。

なぜ怪人は奇怪な風貌《ふうぼう》に潜《ひそ》む深淵《しんえん》から少女の命を見つめるのか。

物語は、そこから始まり、この終わりへと至る。

序章

『透』

今までの事件とやらを踏まえるとおおよそ上手《うま》くいくとは思うのだけど、問題は大人《おとな》たちの動きだった。歩調を合わせなければいけない。そのためには少し目立つ動きも見せなければいけなかった。それが後日、私への足跡《あしあと》とならないか慎重に検討していると「おい掃除《そうじ》しろー」と同級生に指摘される。つい動きが止まっていたようだ。こういうときはあまり気乗りしない顔で反応すればいいだろうと、嫌《いや》そうに笑っておいた。

身を捻《ひね》り、肩にかけていたほうきをくわえ直す。竹箒《たけぼうき》を選んだのは気の迷いだったと後悔するほかない。持ち手が太い。力を入れすぎて砕《くだ》いてしまうと困るので調整にも気を遣《つか》わないといけなかった。

校門と駐車場の間を彩《いろど》る木々の下に落ち葉や花びらが溜《た》まって景観を損《そこ》ねるというのなら、最初から植えなければいいのではないだろうか。掃《は》いて一カ所に集めながら根本的な解決策を思いつく。しかし見上げてみると大きく成長した桜《さくら》の木を退《ど》かすのも大変だし、周囲の岩と土を片づけるのも一苦労だろうから、今更《いまさら》手遅れなのかもしれない。なるほど賢《かしこ》いな、し前提が間違っている気もしながら校長先生を賞賛した。

少々くすんだ色合いである桜《さくら》の花びらが地面に張りついて剝《は》がれない。昨日の雨の影響もあるのだろう。同じ場所を担当する同級生は箒《ほうき》で刺すようにして花びらを剝がしているけど、あれを私が真似《まね》すると問題になる。だから前屈《まえかが》みになって力を込めることなく、適当に掃《は》く。

「次はまじめにやれと、言われたいですかー？」

また同級生が注意してくる。自分だけまじめにやっているのが嫌《いや》なのだろう。

手を抜く……抜く、ふふふ……言い訳を探《さが》したら、すぐ見つかった。

「綺麗《きれい》にしてもどうせ、明日にはまた散っているし」

未《いま》だ春の風情《ふぜい》を残す桜の木を見上げて言うと、「それは確かに」と同級生も同意した。

高校生になってから三日目、掃除《そうじ》の時間はいつもこうして不毛を積み重ねる。桜の花が完全に散るか、或《あ》いは桜の木が完全に消えてしまわない限り、そうした時間はまだ続くだろう。

「……………………」

ある日、前触《ぶ》れもなく。

消えてしまったらみんな、どんな顔になるだろう。

周りが私を見るような目に、なるのかもしれなかった。

「しかしこんなとこ掃除させて、わたしたちが危ない目に遭《あ》ったらどうするんだ」

「え？」

「聞いているだろ？　あの行方《ゆくえ》不明になったってやつ」

同級生が指をわちゃくちゃと糸くずみたいに絡《から》ませて、なにか恐ろしいものを表現している。不確定で、形を表現できなくて。でも、湧《わ》き上がるようなイメージを与えるそれは。

「あれ、超能力者の仕業《しわざ》らしいじゃん」

「……らしい、わね」

「とち狂《くる》って学校に乗り込んできたらどーすんのさ。しかも微妙に礼儀正しくて校門からちゃんと入ってくるやつで、そのうえ美少女専門の清く正しい変態《へんたい》野郎だったら、まっさきに……わたしが狙《ねら》われるじゃないか。ここはわたしが先にしといてくれ」

同級生も本気で心配しているわけではないみたいで、揺《ゆ》るぎなき美少女順位を譲《ゆず》れと冗談で私に頼み込んでくる。私は曖昧《あいまい》に笑って、目を逸《そ》らしながら適当に流す。

校門には誰の姿もない。この状況で不審者《ふしんしゃ》が入ってくる。

「そうね」

確かにそれは、実に、困るのだった。

そうこうしている間にチャイムが鳴り、掃除が終了する。幸い、同級生が熱心だったので怒られない程度に落ち葉や花びらは集まっているのだった。同級生がゴミ袋の口を縛《しば》る。

「ゴミ運びと片づけは、まぁ、わたしがやっといてやるかっ」

同級生がおどけるような調子で、恩着《おん》せがましく振る舞う。

中学生のときから私を見知っている同級生なので、まぁ、慣れたものもあった。

「ゴミ袋を蹴《け》っ飛ばしていいなら運ぶけど」

やぁ、と右足を丁寧《ていねい》にゆっくり、誰にもなににも絶対当たらないように振り上げると同級生がその仕草《しぐさ》に笑った。お互いに軽く笑いながら、同級生と別れる。そうそう、こういうのだ。

こういう状況が生まれて咎《とが》められないことに、大きな意味がある。

下駄箱《げたばこ》に向かいながら、午後の授業を通り越して放課後の予定を見据《みす》える。

放課後は父の代理を務《つと》めるという名目で自治会の会合に参加する。そして活動方針を見定める。今晩にも始めるようだったら、そこに合わせる形となる。想像して、腿《もも》の内側が震《ふる》えた。

それがどういった感情に基《もと》づいて、ぱかぱかと震えたか少し考える。

三つほど答えを思いつき、一番マシであろう武者《むしゃ》震いと解釈することにした。

校門の間から丁寧に入り込んだ春風が、桜《さくら》を巻き上げて花の渦《うず》を作る。それは私の背中を押して、花びらと共に割れてたやすく追い抜いていった。

髪と制服の袖《そで》を、未来へ導くように前へ揺《ゆ》らす。

立ち止まり、風を見送り、そして私自身が収《おさ》まるのを待った。

「……あぐあぐ」

私は過去に失ったものがある。

しかしそのときからすべてが上手《うま》く回り始めたのだと、確信する。

◆

「えー、ですので超能力者の被害が広がらないよう、各々《おのおの》の貢献《こうけん》に期待……」

無茶《むちゃ》を言うな、と内心では思っていた。

超能力が世に認知されてから、十三年が経《た》つ。

そのあたりのことはよく覚えていた。当時住んでいた地域で大々的な争いが起こり、その後に世に公表されたからだ。それまで社会の影に隠《かく》れて好き放題していた超能力者の存在が一人の人間によって露見《ろけん》し、表立った大規模な事件となったことで世の常識となった。

今、この公民館に集《つど》う自警《じけい》団員でも、超能力を知らないものはいない。六十過ぎの自治会長から、俺みたいな新顔まで、世代を問わない一般常識というやつだ。その力を持つ者に対してどういった態度を取るかも、大体は統一されていた。

常人にない、特殊《とくしゅ》な力を持った存在。それは俺たちのような持たざる者からすれば、争いの火種《ひだね》となることは分かりきっていた。実際、俺たちの現状がそういうものだった。困ったことに、地方に逃《のが》れてきた超能力者たちの一部がこの町の側に根城《ねじろ》を作ってしまった。やつらはその能力を横暴の権利とでも勘《かん》違いしているように狼藉《ろうぜき》を働く。そうなれば町の治安は悪くなるし、他県からの覚えも良くない。住処《すみか》を奪《うば》われた野生動物の引っ越しのようなものだった。

最近も、夜間に数名の女性が行方《ゆくえ》知れずとなっている。行方知れずというか、まぁ殺されているだろうというのは口に出さなくともみんな分かっていた。しかし名目上、その女性たちの捜索《そうさく》も見回りには含《ふく》まれる。それは警察《けいさつ》の仕事だろう、と思うのだが。

また野生動物に例えるなら、駆除《くじょ》の専門家を招聘《しょうへい》しようと別の都市に働きかけているみたいだが、他の地域でも悪さを根から絶てているわけではない。自然、田舎《いなか》は後回しになる。

そうなると守れるかはともかく世間への建前《たてまえ》もあって、自警団としての活動は避けられなかった。奥様方や団体がうるさくて、夜の町の見回りに駆《か》り出されるというわけだ。

こっちに越してきた早々に活動を義務づけられて、溜息《ためいき》は尽《つ》きない。

「観光客の減少にも繫《つな》がりますので、治安を改善するべく我々も……」

自治会長の話は俺たちの頭より上で起きる問題だ。正直関係ないし関与もできない。治安が悪化して周りの県から疎《うと》まれて仲間外《はず》れにされるというのは分かるけど、個人の立ち回りではどうしようもないのである。かといって、町の自治会が集団と呼べるほど大規模かといえば、そこまででもなく。話も含めて、さっさと解決してくれないものかと密《ひそ》かに欠伸《あくび》をこぼした。

携帯電話を覗《のぞ》くわけにもいかないので、振り向いて時計の時刻を確かめる。

なんで前の席なんかに座ってしまったのだろう、寝ることもできやしない。

およそ自警団に似つかわしくない少女が後方の席に一人、座っていた。

と。

一回り大きい制服で首回りの隠《かく》れたその子は、顔の小ささが印象的だった。……いや、小さいというより、短いといった方が適切な顔立ちだ。顔が縦《たて》に短く映る。引き締《し》まった顎《あご》の輪郭《りんかく》も含めて、少々奇異《きい》に見えた。しかしそれを差し引いても、年頃の穏《おだ》やかな表情と艶《つや》のある長髪は魅力あるものだった。つい、自治会長の話も耳から遠くなり、しばし不躾《ぶしつけ》に眺《なが》めてしまう。と、目が合った。微笑《ほほえ》みかけてきて、思わず動揺《どうよう》してしまう。慌《あわ》てて前に向き直ると、自治会長の声が耳元に戻ってきた。あまり心地《ここち》いいものではない。

会合の顔ぶれなんて他にはおっさんばかりなのに、今の子はどういう事情なのだろう。

他に見るもの、聞くもののない公民館で少し目立ち、気になった。

自治会長の挨拶《あいさつ》が終わって振り向くと、少女は他の大人《おとな》に会釈《えしゃく》と短い言葉を交《か》わして部屋を後にするところだった。思わずギョッとする。他の大人は慣れたものなのか、誰も特別視していない。少女は、足を使って扉を開けていた。黒いパンスト越しの足の指でドアノブを回してしまう。

長い袖《そで》に隠《かく》れている両腕は、固定されたように動こうとしない。意志が通っていない棒《ぼう》のようなその腕に、頭の裏を引っ掻《か》くような寒いものを感じ取った。

「新入り、今晩は頼むぞ」

居竦《いすく》んでいるところに、更《さら》に声をかけられて背筋が仰《の》け反《ぞ》るようだった。肩に無骨な手が載《の》せられて、振り向くと自治会長だった。顔でも引きつっていたのか、少し大げさに笑ってくる。

「まぁ女子供しか狙《ねら》わんやつのようだから、そんなに緊張するな」

「はぁ」

仕事が終わってすぐ呼び集められて、夜まで時間を取られることにげんなりしているだけだ。しかも見回りの初日を担当。事件の得体《えたい》が知れるまでは俺ら新人を矢面《やおもて》に立たせると来る。

まぁそれは、諦《あきら》めるとしても。

去り際《ぎわ》に揺《ゆ》れた二つの袖《そで》が強く印象的で、質問してしまう。

「あの、さっきまで後ろにいた女の子ですが」

「ん、ああ春日《かすが》さんちの娘だよ。父親の代理で出席したみたいだなぁ」

孫の話でもするように、話し好きの自治会長が答える。

「しかし、今の子はなにか、」

言い淀《よど》むと、察《さっ》して説明してくれた。

「子供の頃、腕をやっちまってな。なにしたんだったかな……」

「そうでしたか」

それが異物感の正体だったらしい。

安っぽくはあるが、同情めいた感傷を覚える。もし自分が、と想像したらゾッとしない。

失礼かもしれないが、そういうことはどうしても考えてしまうのだ。

「子供といえばうちの孫、明《あきら》と言うんだが去年は生徒会長をやっていてなぁ……」

そこから繋《つな》げるのか、と呆《あき》れつつもその力業《ちからわざ》に感心してしまう。

代わりを探《さが》そうにも、皆、意図したように俺たちに背を向けていた。

俺がお付き合いするしかないのか、と苦笑いで自慢話の聞き手となる。

新入りの辛《つら》いところは、人付き合いも会社でも変わらない。

◆

やはり今夜から見回りを始めるらしい。それが分かれば大人《おとな》たちの付き合いに用はない。相手から話しかけて足を止められないよう、挨拶《あいさつ》もそこそこに公民館を抜け出した。

大人たちが今夜動くというのなら、先回りしなければいけない。

外にある駐車場の縁石《えんせき》に座り込み、靴を脱《ぬ》ぐ。足はパンストで保護している、腕の代わりなこともあって丁寧《ていねい》に扱《あつか》わないといけないからだ。鞄《かばん》から足で携帯電話を取り出す。登録された母親の番号を押した後、電話を指で摘《つま》んで上へ放り上げる。緩《ゆる》く上がったそれを肩で受け止めて、頭を傾けて挟《はさ》んだ。

毎回、そうして電話の用意をするときは少々緊張する。

取り損ねたら困るからだ。鍛錬《たんれん》は欠かしていないけれど、自信を保つことは難しい。

電話に出た母親に、今日は祖父の家に寄って泊まっていくことを伝えた。二年前に祖母を亡くして独《ひと》り暮らす祖父の様子を見る役目を私が請け負《う》って、両親は口にこそ出さないけれど大助かりしているようだった。私にも大変都合《つごう》がいいので、どんどんと頼ってほしい。

少し歩いている間に、夕暮れも息を潜《ひそ》め始めて夜が見えてきていた。野菜の直売所が未《いま》だに機能する程度の田舎《いなか》ではあるけれど、最近になって畑がどんどんと整地されて家に変わってきている。それに合わせて他県から進出してきた大型スーパーも次々に建って、地元のスーパーは先月に閉店した。そんな、よくある田舎の道を歩くと少し肌寒い。

今晩は春を感じさせないような冷え込みが訪れるかもしれない。

そうして柿《かき》畑の側を通り、新興の住宅街から離れた古い町並みに入る。その入り口の右側に祖父の家があった。私が小さい頃には建っていた周りの家も、数年前には撤去《てっきょ》されてしまった。自然災害だったり、人災だったり。結果、随分《ずいぶん》と周辺の見晴らしがよろしい。

この家も次に台風が直撃したらお終《しま》いだ、と言われて早五年。粘《ねば》り強く生き残っていた。

くわえている鞄《かばん》を振って呼び鈴《りん》を押せないか横着《おうちゃく》してみたけど、やはり平面で一点を押すことは難しい。角度を変えて鞄の角で叩《たた》くことも考えたけど、壊《こわ》れてしまうと厄介《やっかい》なので素直に足で押した。祖父の声が聞こえて受け応《こた》えすると、すぐに表まで出てきた。

前もって告《つ》げていたわけではないけれど、暇《ひま》を持て余す祖父は嬉々《きき》として出迎えてくれた。

髪型のせいもあるだろうけど、長〇〇雄に雰囲気が似ているといつも感じる。

「今日もお世話になります、お祖父《じい》様」

馬鹿丁寧《ていねい》に頭を下げる。すると祖父が私に「そんな気を遣《つか》うな」と顔をほころばせる。

このあたりまではお約束である。祖父が喜ぶので欠かしたことはない。

それから家に上がって、奥へ案内される途中に通りかかった床《とこ》の間を無言で覗《のぞ》き、よしよしと一人笑った。今晩お世話になるそれは、いつものように寡黙《かもく》で、しかし勇ましい。

「晩飯は食ってきたか？」

「いえ」

「よしよし。俺が作ってやる」

休んでいろ、と居間に座らせてくる。その言いつけ通りに大人《おとな》しく待っていると、張り切る祖父が老人とは思いがたい速度で台所と行き来して夕飯の用意を進めていく。その足運びは参考になるやもと感じるほどだ。

関心の水位が大げさなほどの効果をもたらすのは、血筋《ちすじ》なのかもしれなかった。

祖父は中華料理好きなので、その手の料理がずらりと並ぶ。とは言っても私が辛《から》いものを苦手としているので、エビチリは赤いだけで内実はケチャップソースだ。ほんのり甘くて好ましい。

足の指でスプーンを握《にぎ》り、いつものように食事を摂《と》る。

箸《はし》は人前では使えないのがもどかしい。

「足、柔らかいよなぁ。俺はとても無理、骨折れる」

祖父が姿勢を真似《まね》しようと右足を曲げるが、口へ半分も進まないうちに音《ね》を上げた。

がんばってはみたのか、堪《こら》えられなくて後ろに転がる。

「慣れれば案外、簡単なものですよ」

照れるように頭を掻《か》きながら起き上がってきた。祖父のそういう仕草《しぐさ》は嫌《きら》いではない。

「よし、ならどんどん食え」

「頂きます」

ならの意味はよく分からないが、もくもく食べる。

両腕の機能の一切《いっさい》を失って以来、日々のすべてが訓練となった。人間社会というものは基本、二本の腕と足があることを前提とした作りになっている。大多数がそうなのだから、当然の構造だ。いくら社会的弱者に気を遣《つか》っていると言っても限界はある。基準がそもそも異なるのだ。

だけど他に生きられる場所はないし、むしろ、だからこそ私はこの世界を楽園に感じる。

咀嚼《そしゃく》している間は絶対に口を開かず会話もしない。これは七年前に事故に遭《あ》って以来、徹底している。礼儀正しい子だと祖父に褒《ほ》められる反面、同級生には堅苦《かたくる》しいやつとも思われている。友人の何人かには育ちのいいお嬢様と誤解されたままだけど、うちは中流である。

父親は電気屋に勤めて、母親は塾《じゅく》講師。兄はただの大学生で、弟もありがち中学生。

ごくごく普通の家である。だけど、そこに私が生まれた。

無から有は生まれるのだ。

「美味《うま》いか？」

「ええ、とても」

スプーンを置いてから笑顔で応《こた》える。足の指にスプーンを挟《はさ》むのも慣れたものだ。

一度、くわえたスプーンで味噌汁《みそしる》をすくってそれをどうにか伝わせて口もとに運ぼうとしてみたけど、鼻と頬《ほお》に出来たての味噌汁がかかって悶絶《もんぜつ》したことがある。あれは酷《ひど》かった。「あぎゃぎゃ」なんて悲鳴を演技ではなく叫ぶ日が来るとは思わなかった。

あのときまで実を言うと内心では頭いい方だと思っていたが、本当はちょっとばかりおばかさんなのではないかと疑うようになった。今もその答えは出ていない。

「今日は泊まっていくのか？」

「そのつもりです。制服の替えも持ってきました」

そう答えて鞄《かばん》を一瞥《いちべつ》すると、祖父が目を細めた。喜ぶと瞼《まぶた》が重くなるらしい。

私も喜ぶし、祖父も嬉《うれ》しい。

いいことずくめだった。

夕飯が終わった後は用意してもらって風呂に浸《つ》かる。涼《すず》む。寝る。

「……いやいや」

寝られるはずもなく、布団《ふとん》の中で転がる。

床《とこ》の間のある座敷は本来、祖父の部屋だったが少々のワガママを言って譲《ゆず》ってもらった。祖父は祖母の使っていた部屋に移っている。この部屋が気に入ったというのも、あながち嘘《うそ》ではない。

足を伸ばして障子《しょうじ》を開け放つと、寝転びながらも夜空が見える。他には塀《へい》が見えるぐらいで、余分なものを視界に入れないで済むのが嬉《うれ》しい。時々、自動車のライトが中庭の壁《かべ》と向かいの屋根を濡《ぬ》らすように走り抜けていく。田舎《いなか》の夜中といえど、人の往来はある。

気を引き締《し》める必要があった。

それが消えてから聞き耳を立てて、家の中の音がすべてなくなるのを待った。動くのは、祖父が寝入ったのを確認してからだ。

それは長く待ちわびるような話ではない。

祖父が早寝早起きを信条とする、模範的な老人で助かる。

……そうして、夜も更《ふ》けきる前にそのときが来た。

布団《ふとん》から出て、寝間着の上から用意しておいたものを合羽《かっぱ》のように羽織《はお》る。

上半身を揺《ゆ》すって位置を調節して、後は。

刀。

祖父の家には、本物の日本刀が飾られている。

私がこの家を愛する一番の理由だ。

銘《めい》を持たない刀ではあるが、触れれば斬《き》れる、触れば傷つく。そして、斬りつければ。

勿論《もちろん》、私の所有物ではない。祖父がご先祖様から受け継いできたものだ。そいつを無断拝借《はいしゃく》する。鞘《さや》をくわえて持ち上げる。位置を調節した後、外側からベルトを巻いて腰《こし》に固定する。服を一人で着替えるのは無理でも、足で腰よりやや下にベルトを巻き付けることぐらいは練習すれば可能だった。

本当は抜き身で持ち歩くのが一番楽なのだけど、いざというときに鞘が不在なのも困る。それに刃《は》を不必要に表に出していると、余計な傷を招きかねない。やっぱり鞘は必要だ。

そのあたりはまた、今後折り合いをつけていくしかない。

「しまっておいた……あった、多分これだ」

下側にある棚《たな》に足を突っ込んで、触覚でそれを探り出す。指で摘《つま》んで引っ張り出した後、頭からかぶった。保管場所の匂《にお》いをめいっぱい取り込んでか埃臭《ほこりくさ》く、そして、血生臭い。

しかしこいつがなければ始まらない。迷彩《めいさい》を終えて、外側の通路に出る。

玄関を通ると祖父が物音に気づくかもしれないので、中庭を経由して外へ向かう。靴を履《は》いていないので直接、土の冷たさを感じる。夜に浸《ひた》った土が足の裏を否応《いやおう》にも意識させる。ひたりひたり、ぺたりと足音が一歩遅れて追ってくるようだった。

道路に出ると土と冷たさの質が変わる。土の上は歩いているといけないことをしている気持ちになるけど、道路には立っていてもさほど違和感がない。どこまでも歩いて行けそうだった。

鞘の先端が地面に引っかからないよう、傾き具合を確かめる。

灯りの消えた祖父の家を一瞥《いちべつ》してから、空を見上げた。

生憎《あいにく》と月は雲に隠《かく》れている。いずれまた、輝くだろう。

日が巡《めぐ》り、上り、そして沈むように。

また、待望の夜がやってきた。

今度こそ本物の武者震《むしゃぶる》いのように、太腿《ふともも》の内側が震えた。

◆

「なんですかこれ」

木が変色している祠《ほこら》のようなそれについて尋《たず》ねると、先頭のおっさんが答えた。

「野菜の直売だよ。知らないのか？」

「いや……はぁ」

直売と言われてもピンとこなかった。でもそこまで聞くと壁《かべ》をわざわざ作ってしまうような、よそ者であることを自分から意識させるような……という自意識が働いて聞けなかった。

「こんな時間に出歩いてる女なんていているんですか」

「いるから事件があったんだろ」

一緒《いっしょ》に町内を見回る中年が渋《しぶ》い声で答える。俺と同じく気乗りはしていないようだ。懐中《かいちゅう》電灯が二本、前方を頼りなく映している。俺たちはその光に誘導《ゆうどう》されて動くようだった。

「夜中にうろうろしているのは自己責任でしょ」

「自己だなぁ」

そんなこと言っていてもなにかが変わるわけじゃないが、つい愚痴《ぐち》を吐《は》き出してしまう。

三十分ほど前から担当の区域を歩き回っているが、女どころか塾《じゅく》通いの子供だっていない。

「最近の子供は車で送り迎えしてもらうんだぞ」

物騒《ぶっそう》だからな、と相方《あいかた》は律儀《りちぎ》に返事をしてくれる。きっと退屈なのだろう。

俺だって退屈で億劫《おっくう》なのはあるが、それとは別に多少の緊張もあった。

今のところ、被害者は女だけといっても次にまた狙《ねら》われるのがそうだとは限らない。そして現実、行方《ゆくえ》不明となっているやつはいる。

「事件とは限らんけどな。家出とか旅行かもしれねぇ」

「……本当に思っています？」

返事はなかった。不謹慎《ふきんしん》なことは口にしないつもりのようだ。

まぁそこらへんは確かに分かりやしない。そのへんが仮に明確でないとしても、襲《おそ》っているやつは町に潜《ひそ》んでいるかもしれない。そんな状況で、なんで俺たちが見回りしないといけないのか。俺は町の皆様より自分の命の方を大事にしたい。

逆に俺が助かるなら、町の連中みんな死んでも構わないぐらいだ。

「妖怪《ようかい》の仕業《しわざ》って噂話《うわさばなし》もあるなぁ」

「え？」

間を少し置いて、なんの話だとうろたえてしまう。

「車に乗っていたやつでな、足首から下だけがひたひた歩いていた、って騒いでいるやつもいるんだ。ちゃんと歩道を使うあたり、礼儀正しい妖怪《ようかい》なのかもしれんなぁ」

「はぁ……」

「ま、そいつは騒いだせいで飲酒運転が発覚したわけだが」

相方《あいかた》が小さく肩を揺《ゆ》らす。今のは、笑うところだったのだろうか。けど俺は人殺しと遭遇《そうぐう》する可能性がある、と考えるだけで顔が硬《かた》くなっていてとても無理だ。

護身《ごしん》用として支給された八角棒《ぼう》は、砂糖でできているように頼りない。万が一、犯人に遭遇なんてしてもすくみ上がって満足な抵抗もできないだろう。足が震《ふる》えて逃げられるかも怪《あや》しい。

妖怪が相手だったら尚更《なおさら》、どうにもならない。

あぁ、いやだいやだ。横の繋《つな》がりなんて嫌《いや》で仕方ない。

俺は田舎《いなか》暮らしを望んでここに来たわけではなく、会社の都合《つごう》で回されたに過ぎない。早く都会に帰りたいという思いは日に日に募《つの》るのだった。

見回り先が夜中には人気《ひとけ》の少ない、閑散《かんさん》とした畑道というのもやるせない。賑《にぎ》やかな繁華街《はんかがい》あたりを回らせてくれないのは新人苛《いじ》めだろうか。本当に誰とも出会わないし街灯もない。

「近くを見回っているやつらもいるし、なんかあったら叫べば来てくれるだろ」

危機感の欠けた相方は、あくまで暢気《のんき》さを崩《くず》さない。

危険だと感じて逃げないといいけどな、と横を向いて皮肉をこぼした。

季節柄《がら》、果実もなく隙間《すきま》だらけの柿《かき》畑の横を寂《さび》しく通る。変な折り方をされている柿の木は、夜の影に紛《まぎ》れると変形した人骨のようだ。刺々《とげとげ》しく、細く、見ていて気が滅入《めい》る。

夜風にも微動だにせず、蠢《うごめ》くのは雑草と、どこかから吹き込んだ桜《さくら》の花びらぐらいだ。

静かで、自分の足音ぐらいしか聞こえなくて。人がさぁっと消えてしまっても、不思議ではないくらいの夜だった。風に吹かれた俺たちまで、砂になって飛んでいってしまいそうだ。

超能力者、か。犯人をそいつに決めつけていいものか。

いいんだろうなぁ、と考える間もなく納得する。大体の悪行はあいつらが成しているのだ。

妖怪よりはよっぽど犯人らしい。

だけど、とも別の疑問が浮かぶ。

「あのー……素朴《そぼく》っつーか、今更《いまさら》な疑問かもしれないですけど」

「ん?」

「なんで、超能力者は悪さばっかりしているんですかね」

十三年前の事件以来、やつらは崩壊《ほうかい》した動物園から逃げ出した猛獣《もうじゅう》が狼藉《ろうぜき》を働くように、外で暴れ回っている。能力を持て余して暴れ回っているやつらがいるのは分かるけど、それ以外の連中も率先して悪事に荷担《かたん》している気がしてならない。

「そりゃお前……お前がだな、うぅん……女の胸を好きに触れるとしてな」

「は？」

「お前なら触るか？」

人の反応を無視して話を進めてくる。そうなると困惑《こんわく》も隅《すみ》に置いて、頭を掻《か》きながら。

「そりゃあまぁ……触らせていただきますよ」

なんでか丁寧《ていねい》な物腰《ものごし》になってしまった。相方《あいかた》がうんうんと頷《うなず》く。

そして前に向き直り、懐中《かいちゅう》電灯をゆらゆらと弄《もてあそ》ぶ。

「……どういうことスか」

「使えるなら使う。そしてもう隠《かく》せないなら堂々と、ってことじゃないのか」

超能力の話だったのか。もっと素敵《すてき》な美味《おい》しい話かと少し期待してしまったのに。

でも話の流れとしてはそちらの方が正しくて、密《ひそ》かに恥じ入る。

……例え話はともかく、もし、そんな短絡《たんらく》的な動機だったら。

あいつらはやっぱり本能に殉《じゅん》じる怪物《かいぶつ》だ。

駆除《くじょ》されてしかりだ。

「ま、そういうのは超能力者にしか分からんよなぁ」

「はぁ……」

そりゃそうだ。俺だって正常な人間だし、そういう輩《やから》に会ったこともない。

実際、超能力ってどれくらいの規模の力なのだろう。

「天地をひっくり返すような力はないさ」

「それは分かりますね」

社会を席巻《せっけん》することなく駆除《くじょ》されていくのだから実際、大したことはないのだろう。

その大したことない連中が背伸びして悪党になるから、目をつけられ、滅《ほろ》ぼされる。

因果応報《いんがおうほう》だ。

「ただ、歳取ってきて思うこともあるんだよ」

「はい？」

独《ひと》り言のようにも思えたがつい割り込んでしまう。

まるで冬の吐息《といき》のように、深々としたものを吐《は》き出すその姿は、老人のようでもあった。

「ちぃっとやりすぎたのかもなぁって」

その呟《つぶや》きの意味を問う前に、強い風が吹き抜ける。

声の尾を巻き込むように駆《か》け抜けたそれが、耳の奥を震《ふる》わせる。

ぞわりと鳥肌《とりはだ》が立つ。

遅れて足が止まり、首が引きつる。

風の運ぶ切羽《せっぱ》詰《つ》まった声を、聞いた気がした。

◆

あらゆる困難を努力で乗りきろうとしても、難しいものはある。

たとえば、背中が痒《かゆ》いときなんて地味に困る。目下の悩みである。この場で寝転がって地面に背中を擦《こす》りつけることも考えたけど、その最中に轢《ひ》かれたら冗談になっていない。

耐えてやり過ごすしかなかった。だけど耐えながら、真っ直ぐ歩いていくのは厳しい。

つい痒みに翻弄《ほんろう》されて足がくねくねとしたり、交差したりと目的を見失いそうになる。

……まぁそんなことはさておいて。

これはどうにかなる問題だけど、他にも山ほど、どうにもならないことはある。

それは私でも、普通の人間でも変わらない。

どれだけ願おうと、信念がすべての奇跡《きせき》を呼び寄せることはない。

だけど成《な》そうとする意思があれば地面は道になる。誰も整備していない、舗装《ほそう》されていない標《しるべ》のない道をたった一人、道と決めつけて歩いていけば、いつかは希望に辿《たど》り着ける。

それが数百年、数千年の距離で事実上あり得ない道のりであったとしても、意志を捨てないで歩む限り不可能の出番はない。

信念が不可能を覆《くつがえ》すというのは、そういうことではないかと思う。

故《ゆえ》に私は絶対的な信念を持って、我が道を行く。

どこにも辿り着けないとしても、私は今、心から望むままに歩いている。

舗装も行き届いていない道から柿畑《かき》を通り、新興住宅街の方へ足を運ぶ。やる気なく揺《ゆ》れる懐中《かいちゅう》電灯の軌跡《きせき》を発見して、慎重に追跡していく。わざわざあんなものを携帯して夜の道を行くのは、この田舎《いなか》では自警《じけい》団員しかいない。変質者だってもう少し明るい通りを歩きたいだろう。

目を凝《こ》らすと、まだ大分距離が開いている。灯りが二つ、羽虫のように闇夜《やみよ》を蠢《うごめ》くのを見た。二人組で行動している当然の対応だけど、別れる様子もない。

……二人か。一人は不意を突けても、二人となると順調にいかないときも考慮する必要がある。音は私の支配下にない。少し距離を詰めて武装の具合を確認すると、八角棒《ぼう》を携帯していた。私から言わせると、そんなものを持って町をうろつく彼らの方が不審者《ふしんしゃ》だ。

日頃から訓練を積んでいるわけでもないだろうし、さして脅威《きょうい》は感じない。

自分の内に芽生える緊張を乗り越えられるか。これはそういう試練だった。

そのまま自警団員と同じ速さで後を追う。どこで動くか、と周囲の景色にも目を配る。みんなが祖父のように寝つきがいいわけでもない。大声が少々飛び交《か》えば気になってやってくる者もいることだろう。騒ぎになっても私だけなら隠《かく》れることは容易だけど、後始末《あとしまつ》まで旦《いったん》引くことなく済ませたい。

そうなると、極力騒がれないことが望ましい。

緊急時《きんきゅう》に叫ぶか、黙《だま》るか。

頭に迫《せ》り上がったものが弾《はじ》ければ悲鳴を上げて、詰まらせてしまえば声を失う。

これは個々人の性格に大きく左右されるので、どちらにも覚悟《かくご》が必要だった。

どのみち、このまま引くという選択はない。

距離がある間に右足を上げる。

鞘《さや》の先端を蹴《け》って、柄《つか》の側を跳《は》ね上げる。下がる前に身をよじって柄をくわえる。そのまま元の位置へ戻ろうとする鞘に動きを合わせて、刀を引き抜いた。刀ではなく鞘を抜くという流れを意識すれば、後はさして難しいことでもない。くわえた刀を引きずるように、より足音を殺しながらも歩幅《ほはば》を広げていく。足首が解放されたように、激しく脈を打つ。

凝《こ》り固まっていたなにかが、熱く溶けていくようだった。

自警《じけい》団員たちは住宅街の入り口にある公園に入っていく。桜《さくら》の木々に囲まれるようにして孤独に栄える景色の中、舞い散る花びらを感じ取ってそいつはまずいと被っている布を踏みつけて引き剝《は》がす。火照《ほて》った肌を夜風が撫《な》でて、膝《ひざ》の裏に寒気が走った。

自分自身が抜き身の刃《やいば》となったように、己《おのれ》を世界に晒《さら》す。

立ち回りを考えて、ここで動くのが一番だろうと目星《めぼし》をつけた。住宅街の道路でいざこざを起こすと、無関係にやってきた自動車にまで気を配らないといけない。

彼らの背中側に回って、気づかれない内に歩を進める。

一つ一つの行動が最善に繋《つな》がることを意識していく。失敗は、許されない。

その緊張感に酔う。萎縮《いしゅく》することなく、意識の海に感覚が溶けていく。

無防備な背中に近寄っていく度《たび》、耳の付け根で大きく音が弾《はず》む。

くわえた刀を水平に噛《か》み直して、大きく踏み込む。

その足音と共に、彼らの感覚の上へと一瞬《いっしゅん》、浮上する。

◆

音が聞こえたと言い出すのに、少々のためらいがあった。

もしかして騒ぎに巻き込まれたら、と臆病《おくびょう》が喉《のど》から出るそれにぶら下がり、引き留めようと試みてきたからだ。相方《あいかた》は気づいていないらしく、黙々《もくもく》と歩いている。

どうしよう、と握《にぎ》っている棒《ぼう》を見つめる。こいつの出番がある（かも）なんて。

聞かなかったことにしてしまおうか。いやだけど、しかし。

もし、万が一本当に襲《おそ》われていたとして。

逆の立場だったら、俺だって助けを期待する。

期待して応《こた》えてもらうためには、同じ立場に立たないといけない。

つまり、こんな状況で見て見ぬフリするやつにはいざとなって助けなんか来るはずもないのだ。そうした善良とは言いがたい理由ではあるものの、結局相方《あいかた》に相談を持ちかける。

「あっちから、騒いでいるような声が聞こえませんでしたか」

相方が足を止めて振り向く。片目を細めて、渋《しぶ》い表情だった。

「あっちって、どっちだ」

「多分、こっちッス」

風に紛《まぎ》れていたから確信はないが、斜めの方向を棒《ぼう》で指す。相方はその先端を目で追い、

「住宅街の方か。……ん、別の連中の巡回《じゅんかい》コースに引っかかっているな」

言われて、どきりとしながら顔を上げる。その方向へと首を伸ばして耳を澄ましてしまう。

しかし、やってくるのは首筋《くびすじ》を寒くする風だけで声の続きは聞こえてこない。

「勘《かん》違い、ですかね」

であることを願った。もしくは馬鹿な学生が騒いでいるとか、そういう平和的なものだ。

「……ま、行ってちょいと見れば分かるだろ」

のっそりと動き出そうとする、そのごつい肩に目が行く。

目玉の奥が命綱《いのちづな》でも引くように、引っ張られる感覚があった。

「見に行くんですか」

「なんのための見回りだ。ほれ、行くぞ」

相方が声の聞こえた方向に歩き出してしまう。どうしよう、とまた立ち止まって悩む。

「おぉい？」

ぐずぐずとしている俺に苛立《いらだ》つように、相方が抽象的に催促《さいそく》してくる。

ぐ、と唇《くちびる》を噛《か》む。

ここで徹底して同行を拒否してなにもなかったら、これからずっと笑いものだ。

こんな連中に嘲笑《ちゅうしょう》されて、蔑《さげす》まれてと想像するだけで頭が熱い。

そんな『恥』を恐れて、俺はつい、深く考えることを放棄《ほうき》して後に続いてしまった。

一人だったら、絶対に行かなかっただろう。

二人だから、なんだかんだと安心感みたいなものもあって、同時に見栄《みえ》も生まれて。

そのどちらも、心を曇《くも》らせてしまうには十分な温もりと感情だった。

住宅街の道を少し進み、公園にさしかかる。桜《さくら》の木々に囲まれるようにして、昼はともかく夜に見ると陰気な調子の児童公園だ。相方と一緒《いっしょ》に、木々の横を抜けて中を覗《のぞ》いてみる。

中に踏み込むと大して遊具もなく、視界を遮《さえぎ》るものがない。

大人《おとな》の背丈《せたけ》なら簡単に一望できるその公園には誰の影も動いていなかった。

「……いない、みたいだ」

良かった、と大きく息を吐《は》く。直後、風に揺《ゆ》らされた桜の木が音を上げてびくりと背筋《せすじ》を反《そ》らしてしまった。ざぁざぁ、木々の重なり合うそれは波の音にも似ている。

風に吹かれた桜《さくら》の残滓《ざんし》が、白波のように公園の中を舞っていた。

「でも、今の時間ならどっかに灯りが見えてもいいんだが……」

相方《あいかた》が首を捻《ひね》りながら、公園内を懐中《かいちゅう》電灯で照らす。その隣《となり》に並んで、一緒《いっしょ》に探《さぐ》ってみるものの争いがあった形跡《けいせき》もない。深い考えはなく惰性《だせい》といった様子で園内を歩き出す相方に、俺も釣《つ》られるようにして一緒《いっしょ》に回る。広くもない公園だ、見回りもあっという間に終わるだろう。

しかしこれはこれで、なにもなかったら俺が臆病風《おくびょうかぜ》に吹かれたと解釈されてしまうのか。ぐぬ、と挽回《ばんかい》の方法に思いを巡《めぐ》らせる。けど勇気を見せるっていうのは簡単なことじゃない。なにすりゃいいかね、と目に見える危険がないせいで少し気が緩《ゆる》んでそんなことを考える。そうして鉄棒《てつぼう》の側に来たところで、公園巡りはほとんど終わりだった。

「あの？」

長い時間、独《ひと》り言もないので振り返ろうとする。

しかしその途中、耳を塞《ふさ》ぐほどの大きな音が間近に降ってきた。降った？　そう表現するのが正しいと感じた。上から下へ、傘《かさ》の骨の間になにかを突き刺すような不愉快な音だった。

引っ込めていた首を伸ばし、なんだと慌《あわ》てて振り向くと、より混乱が深まった。

側に誰もいない。

公園に、俺一人。

独りぼっちになっていた。思わず棒《ぼう》を両手で握《にぎ》り締《し》めながら左右に激しく頭を振る。耳から血でも噴《ふ》き出しそうなぐらい脈を激しくしながら、大慌《あわ》てで前後左右を確認するも相方の姿は消失していた。額《ひたい》を強く締《し》め付けられるように血の気が引き、頭の中が凝固《ぎょうこ》していく。

なんだ、なんだ、なんだと動悸《どうき》に合わせて疑問が脈打つ。足の裏が震《ふる》えて、棒を地面に刺して支えにしなければ腰《こし》が抜けてしまっていただろう。前触れもなく……いや、さっきの音だ。さっきの大きな音になにか、なにか、なにかが、と思考が泡《あわ》にまみれたように息を詰まらせる。

実際、震《ふる》える歯の隙間《すきま》から泡が漏《も》れだしていた。

どうすればいいのかとまばたきを忘れた目が乾ききる直前、前触れなくやってくる強風に木の枝と俺が煽《あお》られる。

風に誘《さそ》われた桜《さくら》が枝から、木の指先から放たれたように飛び立つ。

意志に従うように大群を成《な》して舞うそれが俺を巻き込んで吹き抜けていった。

夜風は桜に旅立ちと死を、そして俺には寒気と恐怖をもたらす。

身構えて、顔に花びらが張りつかないよう必死になってしまった。

それが収まり、肘《ひじ》にまとわりつく花びらを払いながら顔を上げる。

頭の後ろ側が凍りついた。

総毛《そうけ》立《だ》つ。脳が一個半ほど右側にずれて、視界の端《はし》が白む。

常識という裁量が機能しなくなり、肯定《こうてい》も、否定もできなくなって。

眼前のそれを、ただ、見つめるだけとなる。
桜花《おうか》の嵐《あらし》が、なにもないはずの宙に留《とど》まる。
そしてその花びらがはらはらと剝《は》がれていくと、そこに浮かび上がっていく。
少女の姿が、宙に描き出された。
虫食いのように、不完全に。
花の形に浮かぶその少女はしゃがんで、中空《ちゅうくう》に腰《こし》かけるようにしながら。
折れた刀を杖のように虚空《こくう》へと突き刺して。
遠くを、見つめていた。
夜風に吹かれた長い髪と共に、袖《そで》が舞う。
少女の両腕はその袖と同化したように頼りなく、儚《はかな》い。
自警《じけい》団の集いで見たあの子だと理解するのに、時間は必要なかった。
なぜ、こんなところに。
なぜ、宙に浮いている。
どうして、刀なんて持っている？
幾つもの疑問が重なりあって浮かび、手足が凍《こお》りついていた。
「おっと」
そんな呟《つぶや》きと共に、なにかしらを蹴《け》って地に降り立った少女は、再び『欠ける』。

浮き上がっていた半身を無数に、水玉にえぐりながら顔を上げて。平然と、俺を見据《みす》える。

その淡々とした態度と対照的に、こちらは状況を何一つ理解できないでいた。

俺はどうして一人なんだ？

一緒《いっしょ》にいたあの人は、どこにいった？

吹き荒れる嵐《あらし》の中、浮いている刀が本能をなで回すように、こちらの警戒《けいかい》を寒気と併走《へいそう》して促《うなが》す。俯《うつむ》きそうになる目もとが捉《とら》えた少女の足もとには、桜《さくら》の花びらが見当たらない。

あれだけ散っていたそれが、どこへ消えたというのか。

少女の刀はその肉体と同様に刃《は》が欠けて、機能を失っていた。

そして身体《からだ》を更《さら》に穴ぼことしながら。

半分だけ浮かぶ、少女の顔が凄惨《せいさん》に歪《ゆが》む。

骨の軋《きし》みが聞こえるように、恍惚《こうこつ》と。

少女は身をよじり、刀の柄《つか》をその歪んだ口にくわえる。虚空《こくう》から引き抜き、構えて。

その非現実的な行為に目を奪《うば》われた瞬間《しゅんかん》、鋭く致命的なものが俺の胸を貫《つらぬ》いた。

胸を刺されたはずなのに、後頭部をぶん殴《なぐ》られたように見当違いの衝撃《しょうげき》が襲《おそ》ってきた。

不可解《ふかかい》が現状のなによりを占めているからかもしれない。

少女が俺を刀で貫いた。強く踏み込んで、頭を激しく振り、突き刺した。

袖《そで》を振り乱しながら、肩でもぶつけるような勢いで、横に鋭く。

折れて、届いてもいない刀で。それが未《いま》だ届かないように見えて、けれど確かに俺の体内に突き刺さり、引き裂《さ》いていく。刀の柄《つか》をくわえた少女の興奮に煌《きら》めいた瞳《ひとみ》に見送られて、俺は空っぽの胸を抱いて地面に倒れ込んだ。背中の痛みに蹴飛《けと》ばされるように、胸の痛みが覚醒《かくせい》する。卵が心臓の奥で幾つも転がるような激痛の躍動《やくどう》に、言葉と理性が崩壊《ほうかい》していく。

呻《うめ》いて、思わず胸を押さえようと腕が動く。

そこで痛みを忘れるほどに戦慄《せんりつ》する。

夜空と俺の間に、遮《さえぎ》るものがない。

腕をいくら意識しても、宙になにも見えない。

俺を、見失う。

俺が、目の前からいなくなる。

手が、鼻が、足が、どこにもいない。身体が見えない。

俺がいなくなる。噴《ふ》き出しているはずの血も、いつまでも見えてこない。

それが『死』というものなのか、はたまた別の奇術に悪戯《いたずら》されてしまったのか。そこに区別をつけて理解する余裕もなく、透明《とうめい》に成《な》り果てた自分の意識が途切《とぎ》れていくのを実感する。

見えない、見えない、俺が見えない。

いつでもどこでもこだわり続けた、俺が消えて。

見えるのは渦《うず》巻くように展開する雲と、微《かす》かに青みがかった夜空、そして。

自分というものを排《はい》してありのままに捉《とら》えた、世界の美しさだけ。

今まで、どれほど、自分の身体《からだ》で景色の邪魔《じやま》をしていたかと気づかされる。

桜《さくら》が空と俺の間を静かに駆《か》ける。

こんなに心の震《ふる》える花見は、生まれて初めてだった。

◆

「かくして犯人はまた、闇《やみ》に逃《のが》れると」

血を拭《ふ》き取った刀を鞘《さや》にしまい、意気揚々《ようよう》かつひっそりと帰路を行く。どうせ私は腕で振るうわけでもないし、口にくわえて構える都合《つごう》上、左足に鞘がかかると踏み込みに邪魔《じやま》なので右の腰《こし》に鞘を差している。俯《うつむ》いて刀がきっちりしまえているか確認していると、夜風が吹き抜けて、血まみれの合羽《かつぱ》を震《ふる》わせる。

死体はくわえて運び、林の奥に捨てておいた。少し行った先にある橋の手前に幽霊屋敷《ゆうれいやしき》と揶揄《やゆ》される大きな建物があって、その側に深い山のように長い木々が群生している。川岸に繋《つな》がるその木の根元へ死体を放り捨てた。人が足を運ぶことはなく、あの場所へ捨てておけば見つからない。人間が視覚に頼っている間は、絶対に。

それでも、大の男を五人も六人も運べばさすがに顎《あご》が疲れていた。口をゆすいで足と顔を拭《ふ》き、良い夢を見ようと予定を立てる。面倒《めんどう》と至福が混じる未来に、頬《ほお》が曲がった。

二人目を仕留める寸前に叫ばれてしまったときは肝《きも》を冷やしたけれど、概《おおむ》ね上手《うま》くいった。

乗り越えた、という実感がふつふつと湧いて胸のすくような思いだ。

自警《じけい》団の連中まで被害にあったとなれば、より態度を硬くしてくるはずだ。

それでいい。

腕を失った自分が一体、どこまでやれるのか。

確かめるためには、より高い壁《かべ》に足をかける必要がある。

さて次は、どんな犯人を装って殺していくか。

今日の興奮とこれからへの想像の高ぶりで足の内側が震《ふる》えている。

これは武者《むしゃ》震いではなく、三つの可能性の二つ目。

息を吐《は》き、とろけるような心情も吐露《とろ》する。

「あぁー……楽しかったぁ」

今夜の感想は、それに尽《つ》きた。


祖父の家に『刀』が飾られていて。

それを振るう『性《さが》』を持ち。

『力』があることは運命なのだと、私は信じて疑わない。
超能力者は全員殺す。
私を捕《つか》まえようとする者も殺す。
そうして我が世は春を迎え、この世は楽園を垣間《かいま》見せるのだった。

序章—2 『明』

人を殺してみたい。

だけど誰にも知られたくない。脅《おびや》かされたくない。

幸せに生きて、幸せに殺し続けたい。

そんな私の願いをすべて叶《かな》えた、夢のような日があった。

その日、ちょいとしたことに巻き込まれた私は気づけば知らない天井《てんじょう》を見つめていて、そこが綺麗《きれい》に繋《つな》がっていて間が一切《いっさい》記憶にないので、怖《こわ》くて泣き出してしまった。時間まで一緒《いっしょ》に吹き飛んだみたいで混乱が酷《ひど》かった。なにが起きたかは私とその場にいた当事者しか知らないし、今まで誰かに説明したこともない。すると厄介《やっかい》になるのは分かりきっていた。

目覚めてもしばらくは夢現《ゆめうつつ》で、寝たり起きたりと曖昧《あいまい》な状態で過ごした。一週間が過ぎてようやくはっきりと回復してから起き上がろうとしたとき、腕が動かないことがもどかしかった。いくら力を入れても付け根が痛むばかりだ。そうして両親が顔を伏《ふ》せて泣き出して、なぜだろうと、しばらく分からなかった。

治療が終わり、リハビリをこなして退院しても満足に動く腕は戻ってこなかった。私は腕こそくっついてはいるが、事件……というほど大げさでも、大っぴらでもないのだけど、その影響で機能の一切《いっさい》を失っていた。正確には、私の意志と腕が繋《つな》がっていないのである。

いくら念じても、力んでも腕は壁《かべ》の向こうにあるようだった。

その壁の向こうはきらきらと輝いて七色に砂粒が光るように見えて、もどかしさで張った喉《のど》が今にも裂《さ》けそうだった。これからはそうして一生を過ごすことになるのかとようやく実感が湧《わ》いてきて、日常の不便さに泣いた。

箸《はし》を持てない、髪を結べない、教科書も酷《ひど》く読みづらい。

当たり前にできていたことがすべて、手の遠い話となる。

世の中は途端《とたん》、嫌《いや》なものとなってしまった。

長々と語る必要もなく、ただ、辛《つら》かったとだけ言える。

しかし成長して顎《あご》と足の訓練を積むにつれて不満は薄れていき、残るのは自分への多大な利点のみとなっていった。からかいや蔑《さげす》みも買うが、同時にそれ以上の同情を得ることができる。

腕の機能を失った最たる利点は恐らく、その同情されるということにある。

同情の念は疑惑を遠ざける。私は人の目に映《うつ》りながら、見えない存在となった。

それは人を殺しても一切疑いを向けられない現状が証明している。

そして、もう一つ。腕と引き替えに得た、人生を決定づけるほどに大きなものもあり。

すべてが私の願ったとおりになっていた。
もし神様というのがいるのなら、きっと私と同じ顔をしているのだろう。
なぜなら、自分以外の存在が、己《おのれ》の欲望を完璧《かんぺき》に満たすことはあり得ないから。

◆

足音が聞こえる。弾《はず》んだ吐息《といき》だけが道に居場所を見つけている。
だけど僕は、どこにもいなかった。
その夜、僕は自分を見失った。
それまでの自分が築き上げてきたもの、歩んできた道、これからの景色。
なにもかもが薄れて、自分以外のなにかへ溶け込み、消えてなくなった。
怪物《かいぶつ》と出会《でくわ》したことで、すべてが灰燼《かいじん》に帰する。
出会った怪物の名前は、春日透《かすがとおる》。

◆

人は人を腕で殺す。大概《たいがい》そうする。

薬を使っても、首を切っても、胸を刺しても、社会的な意味でも。

そこには大抵《たいてい》、腕が必要だ。だから腕の動かない私に人は殺せない。推理小説の探偵役《たんていやく》ぐらいの疑い深さがあればその前提もひっくり返るけど、そういうやつはまずいない。

「犯人はわたしだった」

寝転びながらサスペンス小説の類《たぐい》を読んでいる光《ひかり》が頬《ほお》を引き締《し》めてなにか言っている。黄色いビーズクッションに頭を埋めながら足をぴたぴた振っている姿は色々と振り切って笑える。

星光《ほしひかり》というお米の銘柄《めいがら》みたいな名前を持つその子の頬は潰《つぶ》れていた。ぐにょーっとはみ出るように前へ出ている。本人の自堕落《じだらく》の象徴に見えた。見ているとこちらまでぐにょりそうだ。

家が近所なので、時々様子を見に来る。高校生になってから一度も登校していないのでどうしているかと思えば、いつものようにベッドの上に転がっているのでまずは安心した。しかしその空気に飲まれて居座ってしまい、登校する機を逃《のが》してしまったのは問題だ。

どうもこいつと一緒《いっしょ》にいるとやる気を削《そ》がれる。やる気ぱくぱく星人なのかもしれない。

腰《こし》まで伸びてしまっている髪が寝返りを打つ際に身体《からだ》とベッドの間に挟《はさ》まるらしく、「あぎゃ」と顔をしかめる。「いたいいたい」と引っ張られた髪の根もとを撫《な》でながら、今度は反対側の頬がクッションに埋もれて変形した。最近、こいつが立ち上がる姿を見ていない。

「わたしらしいぞ」

ベッドの縁《へり》に腰《こし》かけているわたしを一瞥《いちべつ》してくる。「あ、そう」と適当に応《こた》えた。

「それより学校行かないの？」

「今日も元気に風邪《かぜ》気味なのよ」

げほごほとわざと咳《せき》をこぼす。けどその後のくしゃみは演技じゃないだろう。

演技じゃなかったとしても、私に向けてするんじゃない。

「ばっちい」

「わたしの唾《つば》は無菌だ」

「嘘《うそ》をつけ、嘘を」

「風邪の菌は全部、わたしの中でいい子にしているのだよ」

おーよちよち、と自分のお腹を撫でる。ゆるキャラのクマの中身なのだろうか、こいつは。

冗談めかしているけど実際、身体が強い方ではない。人間が吐血《とけつ》する場面なんて初めて出会《でくわ》したときは驚いたものだ。私は自身の『力』の関係上、血飛沫《ちしぶき》は見慣れていないのである。

光の吐血は肺病《はいびょう》等から来るものではなく、本人曰《いわ》く病院では治らないものらしい。だから病院にも通わないで、部屋で寝てばかりらしいけど深い事情は私の知るところではない。光の親もそれを認めているのだから、まぁ、いいんじゃないのというところだった。

小学生の頃、休みがちな光にプリント等を届けて以来の仲だ。その頃も青白い肌と長い髪に包まれてベッドに転がって、クッションに埋もれていた。当時は休んでいるこいつが羨《うらや》ましかったものだけど、血を吐いてうずくまる姿を見て以来、あまり憧《あこが》れなくなった。

「んー……」

本と睨《にら》めっこして小難しい顔になっている。私は本を好んで読まないから、そういう顔になることはあまりない。読めるけれど、本より映画の方が観賞は楽だ。

「なに、犯人のわたしさんが自殺でもしたの？」

「いや、ホットケーキを焼きたい」

本気で言っているのか、冗談なのか顔を見て確かめる。眉《まゆ》の位置からして、本気みたいだ。

「……焼けば？」

「起こして」

光《ひかり》が本を放り捨てて手足をばたつかせる。なんで私はこいつの友達なんだろうと疑問に苛《さいな》まれながらも、襟首《えりくび》をくわえて起こしてやった。いつものように軽い。ベッドに座った光が私に背中を向けてくる。開いた髪がその薄い背中や肩を覆《おお》い尽《つ》くす。外套《がいとう》の一部みたいだった。

「髪結んで」

「はいはい」

預かったゴム紐《ひも》を足の親指に引っかけて、光の纏《まと》めている髪へ通す。後は反対の足の親指でも紐をねじって、通して、とやるだけだ。最後は唇《くちびる》を使って紐の位置を微調整した。歯を使うと、切れてしまった場合に困るので首の裏に力を込めて繊細《せんさい》な力使いが要求される。

光は暢気《のんき》そのものだけど、こっちは案外大変なのだ。

ちなみに自分の髪を纏めることはできない。以前に試してみたけど股関節《こかんせつ》と首の骨が外《はず》れるかと思った。私にヨガの才能はないらしい。

結び終えて、ようやく光の顔が髪の表に出てくる。尚《なお》も下りる前髪に眉間《みけん》を縦《たて》に割られながら、双眸《そうぼう》が私に向いていた。黒色の強い瞳《ひとみ》は、角度によっては薄い紫《むらさき》色にも映《うつ》る。

光が頭を押さえて呻《うめ》く。

「頭痛い」

「寝過ぎよ」

一纏めになった光の髪が左右に激しく揺《ゆ》れる。量が多すぎて狐《きつね》の尾のようだった。

「しかし春日《かすが》は普通の人でもできそうで、でもできないことを平然とやるよね」

「そう？　うん、そうかもね」

足の指を開閉する。確かに足で髪を結ぶやつはあまりいないだろう。

「春日の分も焼いてあげよう。おいで」

光が頼りない足取りで部屋を出て行く。見ていて、少し心配になった。

「いいの？　風邪《かぜ》引いているのに」

立たせておいてなんなのだけど。

「風邪じゃないよ。そういう気分なだけ」

「なんだいそりゃあ……仮病か」

「言い方が悪いなぁ」

光が不満げに髪を揺らす。

ではなんと言えばよかったのか。

一階に下りても、共働きの家には誰もいない。日差しの入り込まない廊下は、春なのに足の裏を冷たさでくすぐる。光に案内されて奥の台所へ向かい、促されるままに席に着いた。

「昼ご飯の代わりということで」

「んむ」

光が冷蔵庫を覗《のぞ》いてホットケーキミックスを取り出す。袋を振って粉の残量を確かめる。

「そもそも、昼ご飯とか用意されてないの？」

「自分で作れと言われた」

厳しいのか、そうでないのか分かりづらい親だ。

そのまま光の様子を見守る。いつも自分で調理しているらしく、手際《てぎわ》はいい。粉の混ぜ方も普段からは想像つかない程度に早かった。早すぎて、ちゃんと混ざっているのか不安だ。

「そういえば……外はなんだか物騒《ぶっそう》らしいぞ」

フライパンに生地を落としながら光が他人事《ひとごと》のように言う。実際、他人事だろうけど。

「物騒？　どの話のことよ」

「なんでも人が一夜にして蒸発するとか」

その話か、と表情は変えないよう努《つと》める。光にしてはさほど間違っていない認識だった。

「行方《ゆくえ》不明者頻発《ひんぱつ》。外から来た超能力者の仕業《しわざ》、とされているわね」

最後に殺してから四日が経《た》つ。目立った動きもないし、そろそろ動いてもいい頃合いか。

「果たして本当にそうなのだろうか」

大して考えてもなさそうに、光が反論してくる。サスペンス小説の主役気取りなのか。けれど本人は意図していなくとも、その疑問は正しいものだった。犯人は町の中にいるのだから。

「じゃあ、あなたはどう見ているの？」

「そうだねぇ……今のわたしから言えるとすれば」

光がホットケーキの焼き具合を確認する。そして、

「夜間は出歩かない方がいいぞ」

ホットケーキをひっくり返しながら、光が忠告してきた。

髪が揺れるばかりで、顔どころか背中の反応すら摑《つか》めない。

けれどその小さな肩が、見向きもしていない私の様子を窺《うかが》っているように思えた。

少々、過敏だろうか。

「元々そんな趣味はないけど、気をつけるわ」

「んむ」

その話はそれきりだった。ややあってホットケーキが出来上がる。

次々に焼く。皿に載《の》せる、焼く……「いやちょっと」待ちなさい。

「何枚焼くつもり？」

「六枚。わたしが四で、春日《かすが》が一」

「計算合わないんだけど」

無視された。どでんどでんと、宣言通りに六枚を焼き上げて皿に載せる。

光の皿が五で、私が一だった。

バターとメープルシロップをどちらにもだばーっとかける。あっという間に蜜《みつ》の泉ができあがった。これ食べるのか、私も、と口にする前から胸焼けを患《わずら》いそうになる。

ナイフとフォークが私の分まで用意される。それを見て、あ、まずいと今更《いまさら》気づいた。私はそういうものを使った食事を人前でこなせないのだ。

ホットケーキを切り分けたら『消えて』しまう。

「どうしたの？　こっちのミ〇キーのフォークがよかった？」

私の詰まるような態度を見てか、塗装が剝《は》げて鼻とズボンの黒しか残っていないフォークを掲《かか》げる。光が昔から使っているものらしく、ナイフもお揃《そろ》いの装飾だった。

「いやフォークあれこれじゃなくて……悪いけど、食べさせてくれる？」

まるで光に甘えているようで気恥ずかしいが、背に腹は替えられない。

「おやどうした」

ナイフとフォークを「ちゃきん」と威嚇《いかく》するように構えていた光が顔を上げる。作業中にゴム紐《ひも》が緩《ゆる》んだのか、纏《まと》めていた髪がほとんど元通りとなって顔を覆《おお》いかけていた。それでも額《ひたい》の動きに応じて、滝を割るように髪を掻《か》き分けて薄紫《うすむらさき》の瞳《ひとみ》が露出する。

珍しそうに目を丸くしていた。

「べつに……そういう気分なだけ」

先程《さきほど》の光を真似《まね》る。しかしそういう気分って、私の場合は誤解を招きそうだ。

「なんだいそりゃあ」

「それさっき私が言った。いいから早くして」

口を開いて雛鳥《ひなどり》のように催促《さいそく》すると、光が大して表情も変えないまま笑う。

「ほほほ、たんとおあがり」

「優しいお祖母《ばあ》ちゃん気取りか」

なんかうざったかった。切り分けられたそれを口に運んでもらい、咀嚼《そしゃく》する。

頬《ほお》が萎《しぼ》みそうなほどの甘味が口いっぱいに広がった。

「ほほほ、特に血縁はない友人のお味はどうだい？」

うぜぇ。

しっかり飲みこんでから、頷《うなず》いた。

「こういうのは久しぶりに食べたけど……甘いわ」

「メープルだばーなので」

などと言いつつ追加してくる。だばだばになってしまった。そしてもう一口。

「ほほほ」

面倒《めんどう》になったのか続きがない。ので、こっちから感想を言ってやる。

「甘すぎる」

「いいんだよ女の子は甘い物好きなんだ」

性格同様、喋《しゃべ》り方も安定しない。恐らくいい加減《かげん》なのだろう。

本人はシロップまみれになったホットケーキをもくもくと口に運び、目を輝かせている。堪《たん》能《のう》しているようだ。下りてきた髪が邪魔《じゃま》なのかしきりに顔の横へ払っているけど、すぐに戻ってきてしまう。「結んであげようか」と提案したら「いやまーうん」と食べるのに夢中で適当に流された。そして私の分を切り分けるのをすっかり忘れている。

三枚目を食べ終えたところで光《ひかり》が顔を上げて、私を見る。

「別に足でナイフとか使えるんだよね」

「できるけど」

人前では使えないだけで。

「コツとかあるの？」

「コツ？　……足を腕と思って動かすこと、かな」

腕の位置が足にあるのだと思えばいい。イメージを上からかぶせて動かす。

認識が手足に意味を持たせているのだ、これは普通の人間も変わらない。

「ほぅ、では逆に腕を足と思えば逆立ちも簡単なのだな」

自分の貧弱な腕をちらり。

「やってみなさい」

光がナイフとフォークを置いて、床に屈《かが》む。そして前屈みになると足を伸ばす間もなくごてんと、台所の床を前転した。手足を中途半端《ちゅうとはんぱ》に折り曲げたまま、光が天井《てんじょう》を見つめて固まる。

「正直、本当にやるとは思わなかった」

きろりと、光の目玉が私の方に向く。

「申し訳ないけど、お願いが……」

頼まれる前に起こすのを手伝った。若干《じゃっかん》、虚《むな》しかった。

そんなこともあったものの、ホットケーキを順調に頂いた。

結局、残った一枚は半分こした。……なんだったんだ。

鞄《かばん》を忘れたので部屋まで付き合って戻ると、光がベッドに倒れながら言う。

「春日《かすが》は偉い、自分で立っている」

「は？」

「わたしなんかもう、一人で立ち上がれなくて……」

ずももも、と上半身がクッションに埋もれていく。なんだかもう引き留める気も起きなくて、そのまま「グッバイ」と見送りたくなる。しかし顔半分を表に残して止まって、むしろ舌打ちがこぼれそうになった。

「……………………」

半身をクッションに隠《かく》した光《ひかり》を見下ろして、ふと、思う。

殺した人間の返り血を浴びた私も、周りからこんな風に見えるのだろうか。

「気をつけて帰れよ」

「帰らない。学校行くから。あなたも気が向いたらおいで」

光が小説で残りの顔を隠す。

「また会おう、ヨハン」

どちら様だそれは。足をびたびたする光を残して、部屋と家を出た。

光の部屋は怠惰《たいだ》を温度としたような、独特の生温さがある。そこから解放されて昼間の強い日差しを浴びると、蠟《ろう》のように身体《からだ》の表面を覆《おお》っていたものが溶けていくようだった。

しばらく、日の下で目を眩《くら》ませる。

そして、振り返る。

時々。本当に、時々だけど。

光に限らず、見知っている顔を持った連中を殺したらどんな気分になるだろうと想像する。

自分を取り巻く環境を、ひと思いに引き裂《さ》いてしまいたい衝動《しょうどう》に時折襲《おそ》われる。

しかしその鼻を突き動かすような衝撃に駆《か》られても今のところは自制している。そんなことしていたら、なんのために現状を維持《いじ》しつつ人を殺しているのか分からなくなる。

それでも、その衝動をいつか、抑《おさ》えきれなくなるのなら……悪くはなかった。

それもまたちゃんとした理由の一つではあるからだ。

私は快楽殺人者かもしれないが、殺すにしても、やはりそこに意味が欲しい。

無差別な人殺しはよろしくない。

他の生き物の肉を食らうとき、感謝するように。

相手の都合《つごう》も未来も意思も全部かっさらうのだから、礼儀は必要だ。

◆

自分が感じたものというのは、自分で責任を持つべきものだ。

それは分かる。

では自分を感じられなくなったとき、誰が僕の責任を取ってくれるのだろう。

目まぐるしい変化の渦《うず》に飲まれて混乱を来《きた》しながら、僕はその日の出来事に思いを巡《めぐ》らせる。

最初に浮かんだのはやはり、姉さんの顔だった。

僕の家には二人のアキラがいる。一人は僕、もう一人は姉だ。漢字こそ違っても、どちらも同じアキラと命名されている。別に双子《ふたご》というわけでもないので、単に両親がその名前を好きなだけなのだろう。親は呼ぶときにややこしくなると考えなかったのだろうか。一階にいる母親から呼ばれるとき、僕らは困ったものだった。

姉がそういうときに無鉄砲《むてっぽう》に感じるほど早く動くのにも、僕としては不安を煽《あお》られる。長く暮らす中で大丈夫と理解はしていても、やはりどうしても、僕は姉を一段低く見てしまうのかもしれない。建前《たてまえ》では拭《ぬぐ》いきれないものもあった。

「アキラ、どうかした？」

踏み台昇降を繰り返して汗だくの姉が、僕の視線に気づく。鋭い。姉は、姉さんは僕へ背中を向けたままなのに見透《みす》かして反応してくる。後ろにも目がついているようだった。

見惚《みと》れていた、なんて言えるはずもなく。用意していた言い訳でごまかす。

「首にあせもができてるなー、って」

「え、嘘《うそ》。困る、どこどこ」

姉が朝の運動を中断して僕の方にやってきた。場所を教えてくれと確認をせがむ。汗ばんで肌を火照《ほて》らせた姉さんが無防備に距離を詰めてきて、漂《ただよ》う独特の熱気にこちらも包まれるようになると、それだけでたじろいでしまう。意識しすぎだろうか。

しかし目の下の痙攣《けいれん》するように震《ふる》えるそれは、僕の本音を示していた。

「指摘しといてあれだけど、姉さん、あせもってなにか分かるの？」

首を撫《な》でながら姉さんが答える。

「ぶつぶつ」

「いやそうだけど……」

「触り心地《ごこち》悪いわ。つるつるしたものの方が好きよ」

不思議な好き嫌《きら》いだった。

姉さんなら、そうなってしまうのかもしれない。

僕が明《あきら》で、姉さんは陽《あきら》。苗字《みようじ》は共に明神《みようじん》、年の差は三つ。

ふわふわとした頼りないほど柔らかい髪を切り揃《そろ》えて、驚くほどよい血色が快活《かいかつ》さを彩《いろど》る。

そして、深く練られたような瞳《ひとみ》は、生き物の寄り付かない水面のように微動だにせず、僕を見ていなかった。

「アキラ、時間は大丈夫？」

「え」首を伸ばして時計を確かめる。「そろそろかな」お互いに。

「そう」とタオルで額《ひたい》を拭《ふ》きながら、姉さんが柔らかく微笑《ほほえ》んだ。

ただし笑いながらも目は曖昧《あいまい》に動き、あらぬ方向を見ている。

姉さんは目が見えなかった。一歳半の頃に視力を失ったそうだ。

なにかを見ていた記憶は本人にないらしい。ただ、色とはなにかを薄ぼんやりと意識することはできるそうだ。それが姉さんの暗闇《くらやみ》に、微《かす》かな彩《いろど》りを与えているものだと信じたい。

出かける前にシャワーを浴びてくると告《つ》げて、姉さんが風呂場へ向かう。それを聞いて極力、意識しないよう努めて風呂場から遠ざかるように家の中を歩く。そうした無関心を装《よそお》うことすら、姉さんには見抜かれているのかもしれない。恐ろしい。

姉さんは暇《ひま》があると身体《からだ》を動かしている。曰《いわ》く、なにもしないでいると身体が重くなるのだそうだ。それは細い太いとはまた異なる感覚らしい。あせもといい、姉さんの感覚は僕には理解しがたいものばかりだ。口では分かったふりができても、同じものを心から共有することは未《いま》だできていない。もどかしく、満たされない。

鞄《かばん》を用意して玄関に向かうと、座り込む大柄《おおがら》な背中が見えた。祖父だ。「おはようございます」と挨拶《あいさつ》すると振り向いて、顔の皺《しわ》の隙間《すきま》に愛想を挟《はさ》んでくる。

「おぅ明。おはようさん」

「ご出勤ですか」

「おぅ」

祖父が短く頷《うなず》く。ご出勤といっても定年を迎えた祖父が働きに行くわけではない。老人同士の会合である。町内の情報交換の意味もあるので侮《あなど》れない、とのことだ。

僕にはよく分からない話だが、祖父の立場から町に思うところがあるのだろう。

祖父は町内の自治会で長をやっている。今年で何年目だろう、他の人が率先して就《つ》きたがるような役職でもないらしく代替わりする様子がない。この間の事件があってからは余計に敬遠する人が増えるのではないかと思う。

「気をつけて学校行けよ」

「はい」

僕に注意を残して、祖父が出て行った。使ってそのままの靴べらを片付ける。

以前よりも、気をつけてが重く感じられた。

夜間に見回りをしていた自治会員が行方不明《ゆくえ》になる、ということが四日ほど前に起きた。今までにも夜に行方不明となった事件があり、同一犯によるものと見られている。それを受けてか自治会の活動も大人《おとな》しいものとなり、祖父の口数も減っていた。

僕としても、その事件は早々に町から掃除《そうじ》されてほしい懸念《けねん》の一つだ。

「……事件に、犯人か」

そういう言葉で聞いていると、どうしても遠いお話のように実感が湧《わ》かない。

自治会長の孫とはいえ、気軽に口を出せないのだけど。

犯人は町内の誰かではないか、と感じていた。事件があって、警戒《けいかい》して、それでも被害者含《ふく》めて発見されることなく犯人が逃《のが》れるというのは、地元の地理に詳《くわ》しくなければ難しいことではないか。……とまぁ、そう考えてしまうけれどそれはあくまで、一般人の目線に過ぎないようだ。そうしたルールに縛《しば》られた想像はムダなのである。

なぜなら、犯人は恐らく、超能力者だから。

そしてそう思うからこそ、祖父たちを初めとする町の大人が目を剝《む》いて犯人を捜《さが》そうとしている。町の外に出れば、ぴりぴりとした空気を嫌《いや》でも感じる。それこそ事件の犯人ぐらいのやつでなければ、散っていく桜《さくら》の風情《ふぜい》を楽しめないだろう。

超能力者は徹底して社会から排除される定めにある。

それを意識すると、つい、拳《こぶし》を硬く握《にぎ》り締《し》めてしまう。

同時にそうして爪が食い込む感触が引き金となり、その情景を想起してしまう。頰《ほお》が熱くなり、ここにいない姉さんを意識して左右を慌《あわ》てて見回す。動いてもいないのにじわりじわりと汗ばみ、酷《ひど》く、居心地《いごこち》が悪くなる。

人はいろんなことを忘れるから生きていけるなんて、嘘《うそ》だ。

過《あやま》ちは、決して記憶から消えない。逃れられない。

姉の飾り気のない下着を握り締めた、過去の自分は未だに肩を叩《たた》いてくる。

「……くそっ」

煩悩《ぼんのう》まみれの頭を搔《か》き乱す。こんなことでどうする、と自己嫌悪《けんお》する。

僕は自分の欲望を満たすよりも、姉さんの無事を優先しなければいけないのに。

姉さんにはもう一つ、大きく抱《かか》えたものがある。

それは、忌《い》み嫌《きら》われるもの。

混乱をもたらすもの。

そして価値観の荒野を切り開くもの。

姉さんは、超能力者だった。

◆

私は超能力者である。超などとついてすごく強そうである。

実際はそんなこともない。他の能力者と実際に比較した経験はないのだけど、伝え聞く範囲での能力の規模と比べると、本当に大したことはないだろう。

よくある、A~Eの五段階評価ならDの中間あたりが自己評価だ。破壊《はかい》力は皆無《かいむ》だし有効射《しゃ》程《てい》も短い。成長性もないようだし、褒《ほ》められるのは持続性ぐらいか。

適材適所という意味では、これ以上のものはないけれど。

傷つけたものが透明《とうめい》になる。

それが、両腕を代償《だいしょう》に手にした私の『超能力』だった。

殺害の証拠《しょうこ》を残さない、という私の欲望に応《こた》えた最高の能力だと自負する。人間は本人が意識している以上に視覚に依存《いぞん》した生き物だ。見えないものを、人は見ようともしない。

この能力をもって人を透明にすれば、その血飛沫《ちしぶき》すら目に触れることはなくなる。そしてその血を塗りたくった布きれを用意すれば、簡易ながら透明人間として町を歩き回ることもできる。不思議なことに透明の内側に逃げ込むと、その一部となってしまうらしい。単純な透明化ではなく、相応のルールがあるようである。様々な実験を経て大体は把握《はあく》できているけれど、未《いま》だに全貌《ぜんぼう》を理解できているのかは不明瞭《ふめいりょう》である。透明の割に、見通しの悪いやつだ。

そういう風に考えると、能力自体は色々な使い道があるようにも思える。

しかし欠点を踏まえて評価すると、融通《ゆうずう》は利《き》かないにもほどがあった。

こいつはどんなわずかな傷であっても発動してしまう。これが厄介《やっかい》なのである。腕が動かないのは丁度《ちょうど》いいくらいだ。激情に駆《か》られても、腕を振り回して爪で肌を傷つけることもない。私も人間である以上は感情に支配されることも多々ある。想定外の確率が劇的に低いのは歓迎である。ただ本当に手心《てごころ》がないので、日々警戒《けいかい》ありきで気の休まるときは少ない。

たとえばこの能力、自分にも作用してしまうのか。試せないので分からず、足の指が自分に引っかかって傷をつけないようにとパンストでの保護が欠かせなくなった。それから更《さら》に困るのは爪の処理だった。爪切りで足の爪を整えた場合、私は透明になってしまうのではないかという恐れがあった。当然だけど爪は放っておけば伸びるものだ。いつまでも伸ばし続けるわけにもいかないので結論としては、燃やして処理している。傷をつけることで透明化が発動するのであって、それ以外の方法で対象に危害を加えても機能しないのは確認済みだった。

爪に火をともすという表現があるけれど、あれをそのままの意味で実践するやつもそうそういないだろう。熱さに耐えて、焦《こ》げた爪がぽろぽろと剝《は》がれていくのを待つ。はっきり言って傍《はた》から見ると変態《へんたい》である。そんな苦労もあった。

勿論《もちろん》、他人に爪を切ってもらうという方法もある。祖父に手入れしてもらうことはあった。しかし人に頼らない方法というのも確立はしておかなければ、という意識が常にある。他人がいついなくなるかなんて、私たちには分からないのだから。

そうした性質を抱《かか》える以上、人を殺《あや》めるときは一撃《いちげき》で仕留めることが絶対となる。仕留めきれなければ透明人間を生み出して、捕捉《ほそく》を困難にする。だからこそ、刀のように深々と相手を貫《つらぬ》くことができる凶器《きょうき》が適していた。口にくわえて水平に構えた刀を突き出すという姿勢において、ナイフや包丁《ほうちょう》では長さが物足りない。肩が先行してぶつかってしまい、台無しの可能性もある。

やはり、刀との出会いは必然だった。

その刀が腰《こし》にないまま町を歩くと、どうにも据《す》わりが悪い。日中、登校時、そんなときにも堂々と刀を携《たずさ》えて歩く日々はいつやってくるのか。生まれてくる時代を間違えたのかもしれないと、時々感じる。

普段は優等生かどうかはともかく生真面目《きまじめ》であるよう努《つと》めているので、遅刻もサボりも縁がない。平日の昼間に堂々と町中を歩いていて大丈夫か、警察《けいさつ》に呼び止められないかと実は少し不安だった。経験がないということは、どんなことにせよ足元を頼りなくするのだなぁと実感した。でも今しがた、制服を着た女子中学生とすれ違ったので案外ありふれているのだろうかとも思ってしまう。私の通っていた学校の制服で、少々懐《なつ》かしい。

あれを着て初々《ういうい》しかった頃はまだ、人も殺していなかった。

顎《あご》と足を鍛《きた》え続けた、臥薪嘗胆《がしんしょうたん》の日々に思いを馳《は》せる。

そんなほろ苦いすれ違いを経て、学校に到着する。正門から入っていいのか悩んだけれど、回り込むのが面倒《めんどう》なのでそのまま進むことにした。先生が門の横に陣《じん》取っているわけでもなく、特に引っかかることなく登校を終える。桜《さくら》の花はほとんどが枝から散って、地面に落ちたそれが風に吹かれて小さな渦《うず》を巻いていた。

今は丁度《ちょうど》昼休みかその終わりらしく、学食の入り口からわんさかと人が出てきている。巣を突《つつ》かれたように溢《あふ》れてくるのは、物腰《ものごし》や雰囲気から上級生であると察することができた。教師方の駐車場を、鞄《かばん》を小脇《こわき》に抱えて歩く私に彼らが反応する。といってもなにか言ってくることもなく、一瞥《いちべつ》をくれただけで校舎の方へ歩いていった。

その中心にある男子学生には見覚えがあった。確か、生徒会長だったはず。

入学式になにか話していたけど、眠かったので聞いていなかった。

会長さんたちの後にも、人の流れは続く。春の気候に相応《ふさわ》しい、弾《はず》んだ声がぽんぽんぽんと、彼らの頭の上を跳《は》ねていく。白いウサギが遊ぶように。

つい立ち止まって、しばらく眺《なが》めていた。

人の流れの向こうには音もなく雲が泳いでいる。見上げていると風の巻き上がる音が耳の裏をくすぐり、それが遠くへ行くころには耳鳴りがやってくる。

そうした空気がふとしたときに愛《いと》おしくてたまらないのは、なぜなのか。

不思議な感慨《かんがい》が胸の奥を揺《ゆ》らす。

人と空の流れに挟《はさ》まれて、涼風《りょうふう》が吹き抜ける。

それに応《こた》えて奥歯をくすぐるように湧《わ》き上がる爽《さわ》やかなものが私を満たす。

どこまでも歩いていけるような大いなる錯覚《さっかく》を抱くほどの開放感が、私の心を晴れ晴れとしたものにする。その気分と春の穏《おだ》やかな空気に乗せられて、元気よく歩き出す。

「うんっ」

人を殺そうと、思った。

◆

僕としちゃあその美しさの段階で神々《こうごう》しさを覚えるけど、そういうことじゃないらしい。姉さんは頂点というより、僕の基準だった。僕は女性という存在を姉さんを通して学び、姉さんを見て理解し、姉さんと比べることでしか評価できない人間だ。

しかし、それでも僕は上手《うま》くやっていると思う。

『おい明《あきら》』

『うん？　あぁ』

『明神《みょうじん》くん』

『はいはい』

『生徒会長』

『分かりました』

『明、ちょっと』

『なに、父さん』

『アキラ』

『どうした姉さん』

僕には様々な顔があり、そのどれもが陰《かげ》ることなく表で機能していた。

みんな、そういうものだろう。一つの顔だけで好き勝手に振舞うことが許容される社会など人間の中には生まれない。それぞれの相手に適した性格を、調子を、感情を用意しあうのが世の中の当たり前である。本心は仮面《かめん》の山に埋もれていけばいい。

それができないどころか、反発して本音を剝《む》き出しにするものは人の間から排除《はいじょ》されるだけだ。そして人間をやめていき、化《ば》け物か神にでもなるのだろう。

僕だって本能、もとい本心をさらけ出した顔など一つとしてない。

それは崇拝《すうはい》するに等しい姉さんの前でも同様だった。

今年で二十一歳になる姉、明神陽《みょうじんあきら》。

僕が歪《ゆが》むに相応《ふさわ》しい美しさに満ちた人だ。それは外見に限らず、内面においてもまた完成された美徳に満ちている。姉さんがいる限り僕は家を、そしてその側を離れることはないだろう。思い描く完璧《かんぺき》なものから遠ざかる理由が思い当たらない。

姉さんは視力を失っているが、僕には姉さんしか見えていない。

なんか、ぴったりじゃないか。なぁ、と誰かに問いたくなる。

そんな姉さんに欠点があるとするなら、姉さん以外の人間に価値を見出すことが酷《ひど》く難しい、ということか。なんというか……たとえば、もし、目の前にいるやつが友達だったとする。今、命の危険にあったとする。だけど僕はきっと、そいつが死んでも姉さんがいるならいいじゃんと考えてしまいそうになる。本来は乗せて測ることが難しいはずの天秤《てんびん》に、姉さんはいともたやすく乗って、そして勝ってしまう。

誇らしくはある。我が姉を、そしてそう感じられる僕自身も。

だけど同時に危険でもある、と肌のどこかが感じ取って震《ふる》えていた。

姉さんの履《は》く靴は誰が作ったのか。姉さんの日々食べているものはどこから来たのか。姉さんが生きていくには僕以外のたくさんの人も必要だ。

そして、周りを大事にしないやつは周りに大事にされることもない。

だから、その場にいない姉さんしか選べなくなったらきっと、手詰まりになる。

そう思うのだ。

納得はできないけれど、今の僕ではそういうものなのだ。

僕にもっと力があれば、姉さんだけを選んでいけるのに。

それこそ、超能力のような。

……ところで、なんの話だったか。

あぁそうそう、姉さんは見た目以外も超能力者で、その力はというと。

「あ、春日透《かすがとおる》だ」

学食を一緒《いっしょ》に出た誰かがそう言って、そちらを見たので釣《つ》られる。

昼休みの渡り廊下から駐車場に目をやると、鞄《かばん》を脇《わき》に挟《はさ》んだ、いや詰め込んだというに相応しい窮屈《きゅうくつ》さを持った女生徒が正門をくぐるところだった。こんな時間に登校しても、さして悪びれる様子もなく堂々としている。手をすっぽりと隠《かく》す長い袖《そで》にくわえて、上半身も一回り大きく見える。制服の大きさが合っていないみたいだった。こちらの視線を少し気にするように目が動いている。

「あいつ、腕が使えないらしいな」

また別の誰かが言った。

「……らしいね」

「そりゃカワイソー」

軽々しい同情に、そうだな、とこちらも軽く同意する。

存在ぐらいは知っていた、口にくわえたペンでノートの書き取りをするやつだと小学校のときに話題になったことがある。二つ下なのだが、この学校に入学していたらしい。まぁ同じ部活動には参加してこないだろうし、接点もない。そして興味なし。

「でも新入生の中ではかなりかわいい方だな」

更《さら》に別の誰かの意見が聞こえて、思わず耳を疑う。

「そうかい？」

どこが？　と尋《たず》ねそうになったのをなんとか表に出すことを控《ひか》える。

遠目からでもはっきりと分かる。がさついた肌、不安な形の瞳《ひとみ》、柔らかさに欠けた輪郭《りんかく》。他の女と変わりなく、僕には醜悪《しゅうあく》にしか見えない。姉さんが基準にあるためかどうしてもそう感じてしまう。

姉さんと同じ性別である以上、一定の敬意は払う。

クラスの同級生や大人《おとな》に意識して無礼を働いたことはない。

でも姉さんと比べればただの女だ。女性でもなければ、彼女でもない。女だ。

だから教室に着く頃には、見かけたその新入生の名前も忘れてしまった。

……ところで、なんの話だったか。

姉さんについて語りたいこと、考えたいことが多すぎて整理が追いつかない。

今日も姉さんのことを思いながら、午後の授業を受けることになる。

それが僕の当たり前であり、心の平穏《へいおん》を手にするただ一つの方法だった。

少なくとも、この日までは。

◆

昼休みが終わって当たり前のような顔をして掃除《そうじ》に加わると、友人から「おいおいちょっときみ」とさすがに注目された。どうした休みかと思ったサボりかと色々言われる。私としては掃除まで雲隠《くもがく》れしてサボらなかったことを褒《ほ》めてちょうだいな、と冗談交《ま》じりに思った。

その後は適当にごまかして、そして放課後。

午後の授業中はずっと、今夜の予定に思いを巡《めぐ》らせていた。

まぁよくあることである。

晩ご飯が好物のときと同じような心境だ。未来は明るい。

一日中使われなかった空席を一瞥《いちべつ》した後、教室を出る。上の階から流れてくる上級生たちに紛《まぎ》れながら下駄箱《げたばこ》へ向かった。私の下駄箱はあいうえお順ではなく、特別に一番下となっている。別に上履《うわば》きを蹴《け》り上げて一番上の下駄箱《げたばこ》に入れるくらいは造作もないのだけど、自由のないやつと思われている方が都合《つごう》いいので甘んじていた。

色々できると、人殺しの疑いがかかる可能性も上がってしまう。

「お？」

校舎の外に出た途端《とたん》、空から白黒の太陽が落下してくる。

ゴールから逸《そ》れたサッカーボールがこちらへ飛んできていた。勢いはそこまでなくて、私よりも手前でバウンド、あ、結構跳《は》ねた。暢気《のんき》にしていたので若干《じゃっかん》、不意をつかれて驚く。土ではなくアスファルトの部分で跳ねたからのようだ。緩《ゆる》い速度だけどこのままだと顔に当たる、どうするヘディングかとつい額《ひたい》に力を込めると。

横から割り込んできた足が、サッカーボールを右側へと蹴《け》り飛ばした。

また面食らう。

生徒会長の足だった。

ボールが正門の方へ飛んでいく。そして飛翔《ひしょう》した生徒会長も着地する。

どうやら、助けてくれたみたいだ。割り込まれた方が心臓に負担かかったけど。

手ではなくわざわざ飛び蹴りで叩《たた》き落したのは咄嗟《とっさ》のことで動揺《どうよう》していたのか、それとも単なる格好《かっこう》つけか。その生徒会長キックに、周囲にいた上級生等が冗談半分で拍手してくる。生徒会長は照れたように頭を掻《か》くが、巻き込まれた私も気恥ずかしい。

「ありがとうございます」

それでも上級生であることを意識して丁寧《ていねい》に礼をする。生徒会長は小さく手を振るようにして逃げるみたいに去っていった。蹴《け》ったボールを回収してサッカー部員に渡した後、部活動でもあるのか、体育館の方に向かっていく。途中で合流した女子に向ける横顔が、薄っぺらく見えた。

多少大げさでも助けてくれたのは、私の腕のことを知っているからだろう。

過剰《かじょう》な気遣《きづか》い。蔑《さげす》みと同じく、よくあることである。

で、親切にしてもらっておいてなんなのだけど。

「印象に残らないやつだな」

派手な振る舞いの割に、仮面《かめん》をつけた相手と接したように感情が届いてこない。

まるで、普段の私みたいだ。

そんな感想も、正門をくぐったあたりで蒸発して霧散《むさん》する。

さぁ、祖父の家に帰ろう。……帰る？　うん、それでいいや。

飾られた日本刀と掛け軸《じく》を思い浮かべながら、その思いを肯定《こうてい》した。

◆

放課後はすぐにでも姉さんのもとへ帰りたいところだけど、その前に部活がある。

部活動をやっていない生徒会長、というのは過去の記録を調べてみると存在しないのだった。意外なような、なんとなく分かるような。文武両道ということなのか。

僕もまた過去に倣《なら》い、放課後に竹刀《しない》を振っている。

一応、剣道部でも部長職に就《つ》いていた。実力や成績は抜きん出ていないが、僕は大概《たいがい》の相手にいい顔というものを振りまいているので、それの副産物だろう。

部活の時間は常に姉さんのことを考えて取り組んでいる。

雑念を持って取り組むな、と先生に言われたことがあるけど僕は姉さんのことを雑に考えたことは一度としてない。だから多分、問題ないだろう。

体育館の片隅《かたすみ》で少々大げさな掛け声を発して、バレー部員に迷惑《めいわく》がられる。道場などというものはない。切り返しで締《し》めた後、体育館の片隅に並んで正座し、黙想《もくそう》する。黙《だま》っていても誰かと喋《しゃべ》っているときでも、姉さん以外のことは考えない。

集中力が違うね、と以前教師あたりに褒《ほ》められたことがあった。

部活に剣道を選んだのは、姉さんでもなにをやっているのか分かるからだった。踏み込みの音や掛け声を聞くだけで大体は理解できるそうだ。姉さんは耳がいい。

音がまるで波紋《はもん》のように『視《み》える』と説明してくれたときがあった。

そういう独特の表現を耳にするたび、姉さんと僕が同じ目線を持つことはできないのだと悟《さと》る。こうして今、目を瞑《つむ》っていてもボールや人の弾《はず》む音が立体的に視覚に訴《うった》えてくるようなことはない。今度は僕らが、うるせぇなと眉《まゆ》をひそめる番なだけだ。

その騒々しさが一際《ひときわ》高まったとき、珍しく、思考に異物が混じる。

姉さん以外の女の顔が浮かぶとは、と不愉快なものを感じながらも排除《はいじょ》できない。

一日に二度見かけたせいで名前も印象に残ってしまった。

春日透《かすがとおる》。

腕の動かない『かわいそうな』女。

校内ではいい人の被《かぶ》り物をしているので、慌《あわ》てて助けてしまった。しかしいくら正義の味方とはいえ、仮面《かめん》ヒーローみたいなキックを決める必要はなかった。

咄嗟《とっさ》になると、つい手より足が出てしまうのだ。

学校も終わったし、三度目はないだろう。

早く忘れようと努《つと》める。

部長なので整列、黙想《もくそう》、終了の指示はすべて僕が出す。

そして勉強も大事だからと理由づけて朝練を廃止したのも僕であった。

解散を命じて防具を外《はず》していると、側に立つバレー部員から声をかけられる。

「明神《みょうじん》くん、おつかれー」

「うん？　あぁ、うん。そっちはまだ続くのか、大変だね」

ネットを越えて緩《ゆる》やかに飛んでくるボールを一緒《いっしょ》に見上げて苦笑する。

勿論《もちろん》その間も、さっさと帰って姉さんに会いたいなー、と切望していた。

校内ではこうして、こちらからは名前も知らないような相手にも話しかけられる。人当たりのよい善良な人間を意識して振る舞い、それが上手《うま》く機能していることの証明である。特に女からが多い気がする。姉さんに嫌《きら》われまいとして培《つちか》われたものが、他の相手への対応にも影響として出ているのかもしれなかった。

みんなでそれぞれの防具や竹刀《しない》を体育倉庫に片付ける。跳び箱の隣《となり》に防具の入った鞄《かばん》が山積みとなり、ボール入れの側に竹刀の束が立てかけられる。

実績のない運動部なので、扱《あつか》いはこんなものだ。仮入部も今のところは少なく、今の二年生が引退する頃には廃部となるかもしれない。そういう事情があるなら僕でも簡単に部長になれるだろうという打算も、部活選びに一役買っていた。

姉さんは別に野球だって分かる。が、うちの野球部は部員が多かった。

「この後ちょっと寄ってくけど、部長もどう？」

そうやって同じ部の連中に誘《さそ》われたけど、丁重《ていちょう》に断《ことわ》っておいた。前回は付き合ったので今回は断ってもいいだろうという大雑把《おおざっぱ》な決め方だった。

毎回断りたいのが本音で、しかしそうもいかないのが難しいところだ。

着替える前に手洗いに寄って顔を洗い、汗を落とす。他の運動よりも、流した汗が内側に溜まっていくので夏場は手入れを怠《おこた》ると面や胴着に塩が吹くことも珍しくない。梅雨時にはカビも待ち受けているし、これからの季節は厳しいものになる。

それも今年で終わりなのだけど。

顔を上げると、鏡に映《うつ》った自分と目が合った。

人は自分を見ようとするとき、目を逸《そ》らすことはできない。

「……哲学的か？」

頭を捻《ひね》ってみたが、そうでもないなと思い直した。

とにかく僕は姉さんに頭のいい子だと思われていたくて仕方ないのである。

その姉さんは僕の顔を見たことがない。両親の顔は本当に少しだけ覚えているらしいから、家族の中で僕だけが姉さんの暗闇《くらやみ》に彩《いろど》りを与えていない。申し訳なくなる。

姉さんの心に、僕はどう映っているのだろう。

記憶をなぞるように、自分の顎《あご》や頬《ほお》を撫《な》でる。

以前、姉さんがその両手で包むように触れて『優しい顔』と褒《ほ》めてくれたことがある。だから僕は鏡に映る自分を好きになれる。愛ってきっとそういうものだ。

さぁ、姉さんのところに帰ろう。

今日の姉さんは一体、どんな顔を見せてくれるだろうか。

◆

居間に飾られた刀を初めて意識したのは、六歳のときだった。

同居する祖父の趣味であるそれは、危ないから近づいてはいけないと親に注意される類《たぐい》のものので、そんなことを言われたらその目を盗んで近寄ってみたいじゃない、と子供心に思うのも必然だった。親と祖父の目を盗んで持ち上げようとして、重くて刀と一緒《いっしょ》に転がって障子《しょうじ》を突き破《やぶ》って大変なことになって、両親から大目玉を食らった。お説教が終わるまで障子から身体《からだ》を引っこ抜いて貰《もら》えなかったので、内容まで良く覚えている。今考えると酷《ひど》い。

でもそうした失敗が逆に、心を強く惹《ひ》きつけるものとなった。それから歳月を経て刀とはなにかを理解して、本来の用途に使ってみたいと思うのは自然の成り行きだ。

もっとも、口にくわえてぶん回すのが本来の用途かは疑問だけど。

祖父の邸宅《ていたく》で晩御飯をご馳走《ちそう》になる。急に泊まると言い出しても快く対応してくれる祖父は、少なくとも私にとってはいいひとである。そして祖父から見ると、私の方もいいこらしい。残念だが人を見る目はあまりないのかもしれなかった。

「学校はどうだ？」

食べながら祖父が尋《たず》ねてくる。口の中身、透明《とうめい》なそれを飲み込んでから笑う。

祖父が聞きたいのは苦労してないかとか、大変かとか、まぁそういうことだろう。

垂れ下がるばかりで邪魔《じゃま》なだけの腕を意識しながら答えた。

「みなさん、よくしてくださいますから」

生徒会長の足を思い出す。顔よりこちらの方が記憶にあった。

「そうかぁ。もっと食べるか？」

「頂きます」

祖父が小皿に料理をよそってくれる。祖父が動くと、家の古い木の香りに混じって煙《けむり》の匂《にお》いがする。煙草《たばこ》の匂いだ。私に気を遣《つか》ってか二階の書斎《しょさい》でしか吸わないのだけど、その服にはしっかりと跡《あと》のように染み付いている。形こそないけど、私にとっては祖父のイメージを形作る象徴のようなものだった。

夕飯を食べ終えてから風呂で身を清めて、夜まで刀と向き合って休む。

一刻《いっこく》も早く町へ繰り出したいけど、これでもまじめな学生なのだ。

夜遊びは見つからないようにしないといけない。

待つ間、刀で人を貫《つらぬ》く過程を想像して何度もなぞる。

身体《からだ》にそうやって動くようにと、殺し方を教え込む。

私の我流《がりゅう》剣術は一太刀目《ひとたちめ》がすべてで、その後はない。もし仕留め切れなかったらそのときは剣術という枠組《わくぐ》みを捨てて、自分自身の全霊《ぜんれい》を持って戦うしかない。

「…………………………」

なぜ人を殺すかといえば本能に従っているわけであり、更《さら》に言うとそれは自分の可能性を手《て》探《さぐ》りする中での試行錯誤《さくご》の一つでもあった。

一体、私にはなにができるのか。

腕の使えない自分に、どこまでやれるのか。

それを他人の人生を台無しにしながら、見定めたい。

なんてはた迷惑《めいわく》な自分探《さが》しだろう。とてもはんせいする。

けどそもそも、迷惑じゃない人殺しなんて存在するのだろうか。

縦《たて》に走ることをルール付けられた世界で、道を横断しようとする。

疎《うと》まれて、嫌《きら》われるに決まっていた。

やがて、出立《しゅったつ》の時が訪れる。

刀をベルトで締《し》めて携帯し、返り血を遮《さえぎ》るための透明《とうめい》な合羽《かっぱ》と、その上から更《さら》に隠《かく》れ蓑《みの》を纏《まと》う。足の指を二度、開閉してから。

さて今夜は誰を殺そうかなと、夜の町を行く。

◆

姉さんのことを初めて意識したのは定かではない。物心ついた段階で姉さんしか見えていないようだった。つまり本能的に姉さんへの愛を持って生まれたのだろう。

もしかすると、視力を失った姉さんを支えるために、神が天から遣《つか》わした者こそ僕なのかもしれない。そう考えると酷《ひど》く劇的で、気恥ずかしくも誇らしい。

少々浮かれながら帰路を歩いていると、そこに水を差すような怒号《どごう》が聞こえてきた。なんだと目をやると新しくできた通りの、薬屋の側で騒ぎが起こっているようだった。関わる気はないけれど通りがかりに遠くから覗《のぞ》いてみる。

若い男が駐車場で、複数の中年に囲まれて袋叩《ふくろだた》きに遭《あ》っていた。男は手足を押さえつけられて目と耳、そして口を塞《ふさ》がれたまま胴《どう》を蹴《け》り飛ばされている。その扱《あつか》い方から、あぁ町に入り込んだ超能力者か、と察《さつ》した。超能力を使わせないための、最低限の処置というやつだ。少なくとも抵抗の一切《いっさい》ができなくなる程度にはこの場で痛めつけておくつもりだろう。それからそいつがどうなるかは、僕も知らない。

声を聞いていると、仲間の所在を吐《は》くように脅《おど》しているみたいだ。逃げた仲間でもいるのかもしれない。それならこの場にいるのは危険だしそれに捕《つか》まえているのが自治会の連中だとするなら、会長の孫である僕を知っているかもしれない。挨拶《あいさつ》されて時間を食われても困るので、素知らぬ顔でそそくさと通り過ぎた。

歩道の斜陽を踏む。部活で火照《ほて》った肌に丁度《ちょうど》いい、少し冷えた風が吹く。

そして、凄惨《せいさん》な現場と見てみぬふりをした僕の側を、当たり前に自動車が走っていく。その大きな音に紛《まぎ》れさせて、本音を吐露《とろ》する。

胸に溜《た》まった真っ黒いものを吐き出すために。

「嫌《いや》なものを見てしまった」

超能力者の扱いは、他人事《ひとごと》じゃない。

この世界で、超能力者は疎《うと》まれる。阻害《そがい》されて、潰《つぶ》される。

僕らの住む町でも、表立ってそういうことが起きても誰も嫌悪《けんお》しない程度の価値観が浸透《しんとう》していた。それが世間的にも当然の立場なのだ。だから超能力者が痛めつけられていても嫌悪する方がおかしいのだけど僕は違う。

姉さんの力が露見《ろけん》してあんな目に遭ったら、と考えるだけで拒絶感に伴《ともな》う吐き気が強まる。

姉さんが超能力者であることは僕以外、誰も知らない。両親だって知らないことだろう。知ったらきっと、姉さんを自分たちの子として扱わなくなる。

僕にだけ教えてくれた、その信頼に応《こた》えなければいけない。

僕が、秘密と、そして姉さん自身を守らないと。

家へと帰る。期待しながら、扉を開くと。

「あ……」

廊下の明るさと共に、暖かいものを胸いっぱいに吸い込む。

外で作ってきた無数の細かい穴が、すべて埋まるようだった。

「ただいま、姉さん」

「おかえり、アキラ」

出迎えてくれた姉さんの優しい声に、一日が溶ける。

退屈も、焦燥《しょうそう》も、怨恨《えんこん》も、不安も。みんな、溶けて歓喜が芽吹く。

姉さんが生きている限り、姉さんのために死ぬことはできない。

だけど姉さんが生きている限り、僕は、姉さんのために生きる。

人生の目標も、将来も、すべては鮮明に、透明《とうめい》なほど澄み渡っていた。

◆

鬱屈《うつくつ》したものを晴らすのではなく、高揚《こうよう》した気分に導かれて人を殺そうと意気込むあたり私のこうした性格は土台からしてそういうものなのだろうと思っている。

なんでこうなったとか、どうしてこうなったという後悔には微塵《みじん》も縁がない。

元からこうだった、としか言いようがないのだから。

それはさておき、少々慌《あわただ》しい空気を感じていた。走っていく大人《おとな》とすれ違う。自治会で見た顔も混じっていた。見回りといった雰囲気《ふんいき》ともまた少し違うようで、気にかかった。後をついていってみる。

　私が関係しているとも考えづらいけど、大人たちの後ろにくっついてこぼれ話に耳を傾ける。通りから離れた方へ向かうつもりなら、そのまま殺してみるのも悪くはない。並んで小走りする三人のうち、誰から始末していくかをその背中を見て考える。

　しかしそうした悩みは無駄に終わる。大人たちはまた別の大人と合流して道の端《はし》に輪を作り、相談を始めた。私も一歩離れて聞き役に回る。そうして黙《だま》って聞き続けることで、話の断片を繋《つな》ぎ合わせて大まかに把握《はあく》できた。夕方あたりに超能力者を捕《つか》まえて、逃げた片割れを追っているらしい。あらら、と小さく同情する。

　捕まった超能力者は今頃、目玉をくりぬかれて手足も奪《うば》われている頃か。

　大人たちの輪から離れて、小声でぼやく。

「あーこわいこわい」

　よくやるよねぇ、ほんと。それと、舌も引っこ抜かれているかなぁ多分。

　万に一つもないけど逃げられたときのことを想定すれば、それぐらいはやる。

　超能力者に人権はない。そしてその権利を奪ったものは、人でなしに陥《おちい》る。

　そんな大人たちを、息を潜《ひそ》めながら見つめた。

「……………………」

　思うのだけど。

あの日から。超能力者の存在が公《おおやけ》となった日から。

世界を構成する自分以外の人間というものが、どうにもおかしくなっていった。

暴力は形を削らず原石のまま、世に飾られていく。

恐らく、今の世界は誤っている。

じゃあそれまでが間違っていなかったのかというと、そうでもないけど。

声の大きいやつの正しさが世界を席巻《せっけん》して、それが入れ替わったに過ぎない。

押し通したそいつ以外は完全に納得はできなくて、妥協《だきょう》するしかないのだ。

だけど、私はその妥協というものができない、わがままな子供で。

だから。

腰《こし》の刀を意識する。車も左右からやってくる通りだが、目の前の大人《おとな》たちをどうにかこうにかしたくなる。逃げている超能力者の肩を持つわけではないけれど、明日は我が身。こういう大人たちを一人残らず始末した方が、住みやすいのは確かだった。

大人の数は九か、十。立ち止まっている間は仕掛けづらい。動いているときの方が視界の変化には弱いものだ。解散するなり、動くなりしてくれないものか。そもそも道端《みちばた》で集ったら通行の迷惑《めいわく》になるじゃないか、とこちらの都合《つごう》丸出しで憤《いきどお》る。

と、大人たちの集団から抜け出るように離れる影があった。目で追うと、意外にも女性だった。それも若い。大人たちと二言《ふたこと》、三言交《か》わしてからこちらへ抜けてくる。

女性が私の前も通り過ぎて、「っ、っ」ギョッとして踵《かかと》が浮き上がりそうになる。

その女性がいきなり、私の方へ向いた。まさか、と思いつつ固まっていると女性はまるで気にするような素振《そぶ》りを見せながらも前へ向き直り、歩いていった。……偶然か、偶然だろう、いやでも。疑念が拭《ぬぐ》いきれず、距離を置きながら次はその後ろ姿を追うことにした。大人たちの始末より、そちらの方に不安を煽《あお》られたのだ。

寒がりなのか、女は春にしては少々厚着に思える。歩幅は広くなく、距離を開けて追っても見逃《みのが》すことはない。振り向くような様子もないし、やっぱり、気のせいか。

女の歩いていく方向には覚えがある。恐らく深夜営業もしているスーパーに用事があるのだろう。まだ行方《ゆくえ》不明事件の犯人も捕《つか》まっていないのに、こんな時間に出歩いて無用心なものだ。でも度胸はあるかも、と犯人なりに賞賛していると。

女が急に立ち止まる。

なんだろう脇《わき》の建物を見上げてみるけど、明かりと人気《ひとけ》のない、シャッターの下りたビルがあるだけだ。スーパーの光はまだ遠く、足を止める意味のある場所に思えない。微《かす》かな予感のもとに私も立ち止まると、女が、振り向いた。

正面から見た女の容姿に気を取られている間もなく。

女がこちらへと引き返してくる。思わず慌《あわ》てて逃げそうになる。いやでも、と隠《かく》れ蓑《みの》の内側が鼻を擦《こす》る感触に引きずられて、動けない。確かに、見えていないはずだ。

それなのに、女は私の前で立ち止まってくる。
そして。
独《ひと》り言《ごと》にしては大きすぎるその声に、射抜《いぬ》かれる。
「あのー」
「大丈夫ですか？」
ゾッと、踵《かかと》から腰《こし》のあたりに寒気が走る。
私が、話しかけられた。
周りには他に誰もいない。隠《かく》れ蓑《みの》も脱いでいない。私とこの女しかいない。
それなのに、当たり前みたいに声をかけてきた。
驚愕《きょうがく》が極《きわ》まり、首の後ろに血が集って固まっていくようだった。
私はこの日。
その夜。
初めて。
『透明《とうめい》人間』に話しかけることのできる女と、出くわした。

◆

なんだかんだと理由を作って姉さんの側にいようとした矢先のことだった。その姉さんを家の中で見失う。広い家でもないのにどうしたことか。夕飯の後、しばらくの間は見かけたのだけど風呂から上がると一階に姉さんが見当たらなかった。

代わりに父親を見つけたので、「姉さんは？」と尋《たず》ねてみる。

すると、ついさっき出かけたよと返事があった。聞いて、思わず苦いものを感じる。引っ込んだ湯上りの汗がまた流れ落ちるように、髪の生え際《ぎわ》が熱くなった。

姉さんは度々《たびたび》、夜に町を出歩く。それは常に暗闇《くらやみ》の中で生きる姉さんにとって、人気《ひとけ》が少なくなる夜の方が外を歩きやすいからだった。分かるけど、町では何人も行方《ゆくえ》不明となる事件が発生している。起きているのはすべて夜なのだから、自愛してほしい。廊下から無人の玄関を眺《なが》めて、姉さんの靴がないことを確かめる。

簡単な買い物だろうか。どうなのだろう。引き返して居間の父に問う。

「姉さんは買い物とか？」

多分そうじゃないか。その責任感のない答えに苛立《いらだ》つ。外が危ないと分かっていて姉さんが外出するというのに、どうして暢気《のんき》に構えていられるのか。確かに姉さんは優秀だ。人でも問題なく町を歩きまわれる人だ。だけどそれ以上に優しすぎる人でもある。そうした清らかな善意に仇《あだ》を返すやつが町には溢《あふ》れかえっている。

それは不思議なことでもない、人間とはそういうものだ。

姉さんが特別なだけなのだ。

バスタオルで髪を拭《ふ》きながら玄関の側に座る。

心の表面がざらざらとして、心臓と胃の入り口あたりの据《す》わりが悪かった。

断言するが、僕は姉さんと一週間、顔を合わせなければ精神に異常を来《きた》す。

去年の修学旅行は危うかった。二泊三日だったけれど、脳の焦《こ》げ付くような匂《にお》いを幾度も嗅《か》いだ。どうも僕は姉さんから離れると機能不全を起こすようだ。

あぁ大丈夫か、無事なのか姉さん。

僕がいなくて、本当にいいのか。

ここにいていいのか。

不安と思考が絡《から》み合い、毛玉を作る。外出するときはいつも不安だけど、今夜は格別に落ち着かない。姉さん、応《こた》えてくれ。僕は必要か。無茶《むちゃ》を言っているのは承知でも姉さんなら或《あ》いは、とも思ってしまう。何度も、脳に針が突き刺さるような痛みを感じるまで念じ続けた。

すると唐突《とうとつ》に、帰り際《ぎわ》に見た超能力者の姿が脳裏《のうり》に浮かぶ。

その映像に煽《あお》られるように、激しい焦燥《しょうそう》と危機感に目覚める。ここにいてはいけない、姉さんを追わないと。姉さんを見つけないと。姉さんに、なにかが起きている。

昔からこの危機感は外《はず》れたためしがない。姉さんが僕にシグナルを送っているのだそうに違いない。姉さんが僕に助けを求めている、姉さんが僕を求めている。

バスタオルを放り捨てて部屋に戻る。汗で背中に張り付く寝間着を無理に脱いで着替えて、財布や電話も持たないで玄関へ走った。着替えている場合か早く行け、という頭のどこかからの意見ももっともなのだけど、外を姉さんと一緒《いっしょ》に歩いて恥をかかせてはならないという気遣《きづか》いもまた正しいと思ったのだ。

髪も乾ききっていないので、俯《うつむ》いて靴を履《は》いていると水が滴《したた》り落ちる。その靴に落ちた滴《しずく》を蹴《け》り飛ばして、親に行き先も告《つ》げないで外へ飛び出した。一歩目から全力で前へ、前へと駆《か》ける。自分でも驚くほどに視界が狭くなり、足に力がこもる。

それは前向きな力だ。情念がエネルギーに休むことなく変換されていく。そして僕の姉さんへの敬愛は無限なわけだから、尽《つ》きることは永遠にあり得ない。

住宅街を、繁華《はんか》街を、思いのまま走り抜ける。

分岐《ぶんき》点にさしかかると不思議に一箇所の道しか目に映《うつ》らなくなる。僕は迷わずその道を突き進む。選ぶ余裕も、そして迷いもなかった。不思議な確信がある。

息を弾《はず》ませながらもますます、足は力強さを増していく。

姉さんへの思いが僕に力を与える。

そして姉さんのためなら超能力だって開花するのかもしれない。

今の僕には姉さんに通じる道しか見えていない。

そう信じて、導かれるようにその道を走った。

◆

「あ、お節介《せっかい》かもしれないんですけどね」

引き続き、平然と穏《おだ》やかに話しかけられてしまう。

見えている。この女は私を見ている。

迷彩《めいさい》が甘い？　いやそんなはずはない。他の連中は私へ見向きもせず通りすぎていき、一瞥《いちべつ》するにしても目の前のこの女にしか向いていない。私は他人に見えていないのだ。この女だけが、私を認識している。

そういう超能力なのか？

刀の鞘《さや》を蹴《け》り上げそうになる。しかし、超能力者にしては不用心にもほどがある接触だ。この町で生活しているなら、普通、そうした素性《すじょう》は隠《かく》すものだから。

なんなんだ、この女。暢気《のんき》に首を傾《かし》げるように、私の足もとへと目をやる。

「裸足《はだし》で外を歩いているので、なにかあったのかなと」

そこまで具体的に指摘されると、もう疑う余地はなかった。

「……あの？」

私が無言だからか、女が訝《いぶか》しむようにしている。返事をしないのもおかしいけれど、するのだって十分に変だ。どうする、と汗が噴《ふ》き出る。

「います、よねぇ？」

女がいきなり手を伸ばしてきて、私の頰《ほお》を撫《な》でてこようとする。間にある隠《かく》れ蓑《みの》に触れてしまった。「んん？」と不審《ふしん》がるものの、布越しに私の顔に触れてきた。こちらが固まっているのをいいことに「あぁいますいます」と顎《あご》の輪郭《りんかく》を丹念《たんねん》に指でなぞってくる。

非常に不愉快な馴《な》れ馴れしさだった。

取《あ》り敢えず殺してしまった方がいいな、と結論は出た。しかし、私が見えているのに正面から堂々と殺されてくれ………違う。おかしいぞ、この女。私が見えているのなら、真っ先に刀を携帯していることに言及《げんきゅう》するはずだ。危機感を抱くなり警戒《けいかい》するなり、そういうものが先行するはずだろう。それがない、なぜか足にだけ注目している。その歪《いびつ》な指摘に、凍《こお》りつきそうな頭が揺《ゆ》れる。

この女は私を見ていない？　いや見えていないなら靴を履いていないことも分からない……裸足と靴の違い……音？　足音？　音で判断？　音で私を？　音がして透明《とうめい》なら不自然……見えていない。見えていなくて音だけ？　それなら、刀も、隠れ蓑も……。

思わず身をよじって女の俯《うつむ》いた顔を覗《のぞ》き込む。そして、理解する。

女は目を開いている、けれど焦点《しょうてん》がまるで合っていない。

覗き込んだ私にも反応しない。

女は、その目で私を見ていなかった。

盲目、というやつなのか。

視覚とは別の感覚で私を把握《はあく》している、ようだ。詳細《しょうさい》は分からないけど、しかし。

確信する。この女は私の天敵になりかねない。

多少の騒ぎを招こうとも、ここで確実に始末しておくべきだ。

「……あれ？」

女はもう一度、不審《ふしん》を示すように声を上げる。しかしその疑問の声は先程《さきほど》とはまた異なるものに向けられているように感じた。今が好機と判断する。

静かに鞘《さや》を蹴《け》り上げて、刀を引っこ抜く。

そうまでしても女は逃げない。別のことに気を取られているみたいに、いぶかしんではいるものの危機感を覚えていない。本当に、分からない女だ。

それが解き明かされることもなく、ご退場なんてね。

爪先《つまさき》から頭のてっぺんまで謎《なぞ》なら、そのまま町に埋めてしまえばいい。

外見まで正体不明になってもらうことにした。

◆

町を縦《たて》に走り抜けて視界の遮《さえぎ》りが撤去《てっきょ》された直後、姉さんを発見する。

あぁ、と安堵《あんど》して足を緩めた。息は上がっているけど、肩で呼吸するたびに胸の奥にくる幸福の重みをぐんぐんと感じる。遠くのスーパーの光すら暖かい。

姉さんは一人で歩道に立ち止まっていた。首をかしげているけど、どうしたのか。

横顔はまだ少し遠く、すべてを窺《うかが》うことはできない。

なにはともあれ、その無事を喜びながら近寄って、声をかけようとする。

しかし直後、心臓が縦に引き絞《しぼ》られる。

脳に来るはずの予感が直接、心臓に届いてしまったように。

火急に、運命を僕に伝えようとしていた。

なにかが、危ない。

姉さんが、危ない。

止めかけた足をつんのめるように加速させて、姉さんの目の前へと急ぐ。

頭から指令が飛ぶ意味もないほどに、全身が、姉さんにだけ注がれていた。

「姉さん！」

飛び出す。

踏み込む。
「姉さん！」
は？
横から、足が割り込んでくる。
それを避けて踏み込みが不足して、勢いを半減した刀が。
歯茎《はぐき》を剥《む》いて割り込んできた生徒会長の肩に、刀の切《き》っ先《さき》が吸い込まれた。

◆

虚空《こくう》から突如《とつじょ》として飛び出してきたものが、僕の肉を引き裂《さ》き、掻《か》き分ける。
絶叫《ぜっきょう》は頭の後ろに、別人の叫びのように耳を塞《ふさ》いだ。
よろめいて、そして、それを見る。
姉さんの前に現れたのは、春日透《かすがとおる》だった。
夜を引き裂いて隙間《すきま》から這《は》い出てきたように、いきなり、登場する。

刀を、刃の先端《せんたん》が失われた日本刀を口にくわえている。その目は激しい動揺《どうよう》、言葉のとおりに揺《ゆ》れ動いていた。なんなんだこいつ、刀？　刀が、僕を？

背景の町並みと不釣合《ふつりあ》いな古風の凶器《きょうき》に一瞬《いっしゅん》、面食《めんく》らう。

だけど少し考えたら、なにをやっているんだこいつはと頭の奥が沸騰《ふっとう》する。

僕が飛び出さなければ、その刃は。

誰を、貫《つらぬ》こうとしていたんだ。

意識した瞬間、耳から蒸気でも噴出《ふんしゅつ》するように怒りが立ち上がる。

僕の本能が被《かぶ》り物を脱ぎ捨てて表立つ。

姉さんに害をなすやつ、敵意も、殺意も通さない。

通さない、と頭の中央で赤い光が弾《はじ》ける。その光から生じたものに抗《あらが》うことなく流されて、春日透《かすがとおる》に駆《か》ける。そのまま僕の接近に無反応で、なにもできないでいる春日透の首筋《くびすじ》に、歯を突き立てていた。組み付いた瞬間、今頃気づいたようにびくりと身体《からだ》が跳《は》ねたが遅すぎる。

耳と肩を摑《つか》んで掻《か》き分けるようにしながら、春日透の薄い肉を嚙《か》み千切《ちぎ》る。

春日透の上半身と顔が震《ふる》えて、口にくわえていた刀を取りこぼした。

飛び出す舌が震えて、けれど悲鳴を堪《こら》えるように、喉《のど》のあたりがもこもこと膨《ふく》れている。嚙み付いた首筋がその葛藤《かっとう》めいた我慢の感触を伝えてきていた。

すぐに声をあげられないようにしてやる。

そのまま更《さら》に奥まで、ずたぼろになるまで噛み続けようと侵食《しんしょく》を再開する。口周りは春日透の血に塗《まみ》れて呼吸の妨げになる。顔が際限なく熱くなっていく。鼻が血で詰まる。さっさと死ね、姉さんのために死ねと、解決に急《せ》く。

その春日透の、白黒とするばかりだった瞳《ひとみ》がどっしり構えなおして、ぎろりと、動く。舌が引っ込み、食いしばった歯が不敵《ふてき》なほどに白く輝く。

ハッとした直後、春日透の身体が上下して、僕を吹き飛ばす。

春日透が鞘《さや》を横へ蹴《け》り飛ばして、その先端《せんたん》を僕の脇腹《わきばら》にめり込ませてきた。鞘の端に脇腹の柔らかい場所を叩《たた》き潰《つぶ》されて、路上に転がって悶絶《もんぜつ》する。しかも肩の傷を身体の下側に敷いて転がってしまったため、涙と鼻水を堪《こら》えられないほどに辛《つら》い。

それもこれも全部、春日透のせいだ。

怒りで自分を奮《ふる》わせて、必死に地面を押して起き上がる。

春日透は引きちぎれたベルトの端《はし》を足に乗せたまま、僕を睨《にら》む。……いや、僕を見ていない。確かに僕の転がった方角を睨んではいるけれど、目を凝《こ》らすように細めても、僕にその焦点《しょうてん》が合っていなかった。まるで、姉さんが僕を見るときのように。

春日透は路上に転がった刀の柄《つか》を足の指で摘《つま》むように持ち上げて、鞘に戻す。

そして、牙《きば》を剝《む》いた形相《ぎょうそう》そのままに走り去る。走り出した春日透はあっという間に、町の景色に溶けこんでその姿を見失わせた。……逃げた？　追い返せたのか？

脇腹《わきばら》を押さえながら、震《ふる》えている膝《ひざ》をゆっくり伸ばす。

肩が呼吸に合わせてゆっくり、涙を流す。服を冷たく濡《ぬ》らすそれは、僕の血だ。

合わせて頭痛もするし吐《は》き気も酷《ひど》い。散々だ。

「アキラ？」

だけど姉さんの声が無事なものなら、僕は、どんなことでも。

「ねえさ……」

ん。

出しかけた声が、途中で前歯に当たって中途半端《ちゅうとはんぱ》に取り残された。

浮いていた。声が、宙に浮いている。

春日透《かすがとおる》みたいに、虚空《こくう》からいきなり声が漏《も》れた。そうとしか思えなかった。

なにかが足りない。

目の前の景色に、奥行きのようなものが欠けている。

目に映《うつ》るものの手前にあるもの。常に、あるもの。

僕が、見えなくなっていた。

「あ……え？」

「どうしたの、アキラ。今なにがあった、」

姉さんの歩みにあわせるように、足が、後ずさる。

なんだ、これ。
口いっぱいに広がる血の味が、冷徹《れいてつ》に恐怖を注ぐ。
ぐにゃりと、折れた身体《からだ》は輪郭《りんかく》もなく。そのまま、畳《たた》まれて消えそうなぐらいで。
気づけば、頭まで真っ白になったまま走り出していた。
生まれて初めて、姉さんの前から、逃げ出してしまった。

◆

傷を負って刀も中途半端にしまいながら、転がるようにその場から逃げ出す。
落ちそうなベルトを足の上に載《の》せたままで、非常に歩きづらい。
こんなみっともない去り方は、初めてだ。
自己嫌悪《けんお》と失敗への憤怒《ふんぬ》で頭の中が熱い。目が煌々《こうこう》と冴《さ》えて怒りが途切れない。
刀で貫《つらぬ》く直前、最後に見た生徒会長の表情が脳に直接刻《きざ》まれるようだった。
歯を食いしばり、前のめりに走り続けながら誓《ちか》う。
生徒会長の顔の横に、自《みず》らの意思で脳に刻み込む。
あいつだけは、許さないと。

◆

僕がいない。どこまで走っても、どこにもいない。

磨かれたビルの表面に僕が映《うつ》らない。

コンビニの明るさの中に、僕が見えない。

現実がふやけた海苔《のり》のように破《やぶ》けて、ばらばらで、歪《ゆが》んでしまう。

そのばらけた地面を、僕は、走っているのか？

上下左右に僕が見えない。地面を蹴《け》っているはずの足も消えうせてしまった。

まるで幽霊《ゆうれい》になったみたいに。

姉さんから離れる毎《ごと》に不安が募《つの》っていくのに、どうして僕は逃げているのか。どこまでも、きっと泣きながら、血を流しながら、僕は走っているんだぞ。

誰か。

誰か、僕に気づいてくれ。

叫びだしそうになる。道路の真ん中へ飛び出しそうになる。それを押さえつけるのは肩の鋭い痛みと、口の中にしつこく居残る血の風味だった。

足を止めて、肩を押さえる。傷口の帯びた熱を、見えない手のひらが感じ取る。

なにがどうなっているのか、分からない。

春日透《かすがとおる》は一体、僕になにをしたのか。

僕の身体《からだ》をどこに消してしまったのか。

そして皮肉にも今、脇腹《わきばら》の痛み、肩の傷、春日透の血の味が、あいつに与えられた苦痛だけが僕の居場所を指し示す。

僕の肉体を町の中に繋《つな》ぎとめている。

肩と口と腹だけの存在しかない化《ば》け物。

それが今の僕だった。

自分の取っている姿勢にも、これまでも、これからも。

すべての自信を見失い、真っ暗闇《くらやみ》の一部に溶け込んでいく。

「僕は、」

僕は、どこだ？

◆

横から割って入られて、しかも両方仕留《しと》め損《そこ》なってその場からやむなく逃げた。

改めて振り返ると自省の念なんてものではない。深く反省するとしたらやっぱり、そのままこうやって逃げ帰っていることか。不測《ふそく》の事態に冷静な対応ができなかったことに自身の未熟さが浮き彫りとなって、打ちひしがれる。

一旦《いったん》逃げるふりをして身を隠《かく》し、あの女を追って殺すぐらいはできたはずだ。透明《とうめい》人間となった生徒会長の襲撃《しゅうげき》を警戒《けいかい》して実行に移せなかったのは、痛い。そうした力のなさ、至らなさが遂《つい》に恐れていた展開を招いてしまった。

生きている透明人間を作ってしまったのだ。

当たり前だけど、透明化したものは私でも把握《はあく》できない。無防備に受けた、首に残る傷がそれを証明していた。まだあいつの歯が埋まっているかのように、異物感がある。

実際、ずっと噛《か》まれていても私にはそれが見えないのだ。

「いや、鬱陶《うっとう》しいね……見えないって」

私の刀を誰も避けられないはずだ。襲《おそ》われる立場になって、痛感する。首から流れ出た血が髪の先端《せんたん》に絡《から》み、滴《しずく》を道に垂らす。俯《うつむ》く。

自分の血なんて滅多《めった》に見てこなかったから、ついまじまじと眺《なが》め回してしまう。

夜の道路に吸い込まれるそれは、光の中でなければ雨粒と大差なかった。

暗闇《くらやみ》では目を凝《こ》らさないとまるで見えてこない。

私の血を浴びた生徒会長を捕捉《ほそく》しきれなかったのも、反省はあれど納得できた。

生徒会長も混乱が酷《ひど》いだろうから今夜は襲ってこないだろうけど、自分に訪れた事態を把握《はあく》したらどう出てくるか。透明化の解除を私に迫り、無理と分かれば……想像は容易《たやす》かった。そうなる前に、生徒会長を探《さが》し出して始末するしかなかった。

しかしそれも、簡単にできることじゃない。

見えない相手の位置を特定することは、思いの外《ほか》難しい。しかもあの生徒会長の透明化は私のそれと異なり永続のものだ。その攻撃はすべてが相手の無意識を突く、凶悪《きようあく》なものとなる。私があいつを狙《ねら》うように、やつもまたこちらを放っておいてはくれないだろう。常に襲撃への警戒《けいかい》を怠《おこた》ることはできない。

長く続けば、神経が参ってしまいそうだ。

それでも私の能力とサガを知ってしまった以上、野放しにしてはおけない。

それと、姉さんと呼んでいたからあの女は生徒会長の親類か。あっちも放っておくことはできない。名前も、家も、生活も調べ上げて確実に、殺すしかなかった。

その時間はどれくらい残っているのか。生徒会長が表に出てきて私の正体を喧伝《けんでん》することは恐らくあり得ない。それがこの町での自殺行為であることはあいつにも分かっているはずだ。そして時間が経《た》って冷静になれば、自分から居場所を知らせるという透明人間の利点を潰《つぶ》すような真似《まね》をするわけがなかった。

問題は、姉の方。しかしあのとき声は出していないし、名乗ってもいない。こちらに気づいていないことを祈るばかりだった。しばらくは唯一《ゆいいつ》与えた手がかりである、靴なしで外を歩くということを控《ひか》えたほうが賢明かもしれない。

まだまだ考えることはたくさんあったけど、夜道を早足で進んで家に急ぐ。隠《かく》れ蓑《みの》も裂《さ》けて不完全なので、目撃者《もくげきしゃ》をこれ以上増やしてはたまらない。いつもは静かなる余韻《よいん》に浸《ひた》る散歩の帰り道も、今は重く肩にのしかかるようだった。

首の傷が熱く、そして痒《かゆ》い。

今までやりたいことをやってきた私にも、やらなければいけないことが急激に積み重なる。億劫《おっくう》さは確かにあって、だけど決して俯《うつむ》くことも、溜息《ためいき》もない。

なんとかしなくちゃあという煩《わずら》わしさと並列して湧《わ》き上がるもの。

こうでなくっちゃあという、高い壁《かべ》に突き当たったことへの歓喜だ。

未熟と感じられるなら、成長の余地がある。

自分は今よりもっと高みに上ることのできる人間なのだ。

そう考えれば、あらゆる問題は自《みずか》らの成長を促《うなが》す糧《かて》となる。

乗り越えて、打ち勝ち、成長してみせるのだ。

鞘《さや》を蹴《け》り上げる。引き抜いた刀の柄《つか》を地面に落とし、足の指の間で挟《はさ》む。刀の腹を蠢《うごめ》く透明《とうめい》に舌を這《は》わせて、舐《な》め取る。

生臭く、鉄臭い味が舌の上に広がる。

刀と、貫《つらぬ》いた生徒会長の血の味だ。

その不愉快な味が私に勇気を与える。

たとえ透明人間であろうとも。

「血が出るなら、殺せるはずだ」

序章―3『無明』

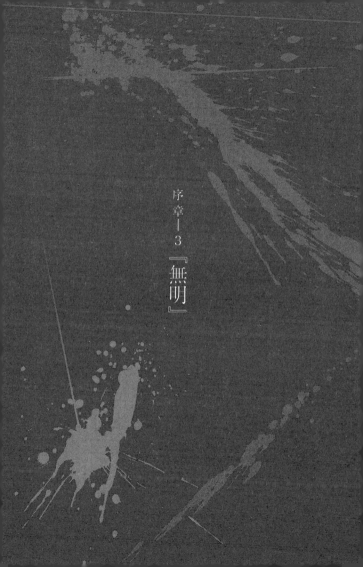

僕も一度くらい、透明《とうめい》人間に夢を抱いたことはある。

透明になって堂々、姉さんの着替えを覗《のぞ》きたいと。

風呂だって覗き放題だ。

……しかし考えてみれば姉さんは元々目が見えていないのだから、透明人間になろうとも関係ないのだった。ここに透明人間の夢は潰《つい》える。

そして今、本物の透明人間となった僕は自身に問う。

本当に、関係ないのだろうかと。

一睡もできないまま夜明けを迎える。重力の一部となったように、なにかが重い。

輪郭《りんかく》のない重みというものは、予想よりずっと他人事《ひとごと》になってしまう。

駅前のビジネスホテルのロビーで一夜を過ごした。入ろうと思えば他人の部屋に忍び込むこともできたし、或《ある》いは漫画喫茶の個室を勝手に利用することもできたけど取り敢《あ》えずは犯罪を回避する意識が働いた。肩の傷はそこまで深くなかったらしく、現状、死ぬ様子もなく血は止まった、みたいだ。傷の具合も見えないので危機管理が難しい。少し寒いぐらいだ。

痛みこそあるものの腕も動く、肩も回る。ソファに座ったまま、一息吐《つ》いて。

問題しかない現実を、怯《おび》えた目で覗《のぞ》き見る。

逃げて、走って、ここに行き着いて。

落ち着きは既《すで》に取り戻して、自分の身に起こった現象を受け入れることはできた。

僕は透明《とうめい》人間になってしまった。自分の意思ではなく、あいつのせいだ。

昨晩の接触を思い返す。恐らく、変異は刀に貫《つらぬ》かれた直後だった。

春日透《かすがとおる》本人か、それともあの刀に特別な力があるのか。僕にはまだ判別できないが、あいつの仕業《しわざ》であることは間違いない。もし人を殺すために刀を持ち歩いて、それが常習だとするなら確証はないけれど、町に起きた行方《ゆくえ》不明事件の犯人を特定できたのかもしれない。

突き刺した対象が透明になるなら、殺人だって隠《かく》し通せる。

犯人はやはり町の中にいた。あいつは、春日透は超能力者なのだろうか。

ホテルの客がエレベーターで下りてくる。外国人の客で、こんな朝早くにどこへ出かけるのか。受付に待機していたホテルマンが業務用の笑顔で見送る。そして一人になると正面に座る僕のことは一切《いっさい》考慮しないで大あくびを見せてきた。釣《つ》られて、僕も涙を流した。気がする。

人が出て閉じた入り口を一瞥《いちべつ》して、腰《こし》を上げる。今の外人客と同じように、入り口から堂々と外へ出た。夜中も時々こうやって出入りしたけれど、何度好き勝手に自動ドアを動かしても、ホテルマンはそれを誤作動としか受け取らない。今日は修理業者でも呼ぶのだろうか。

外に出ると、目の前の車道をタクシーが走って駅へ流れていく。駅の向こうでは夜の雲が光を背負い始めて、電車も動き出す。夜明けの町を、ホテルの壁《かべ》に背をつきながら見上げる。

走っていく電車の音を聞きながら、僕はどうしてここにいるんだろうと、心が裏返る。叫び出したかった。

壁から離れて振り向く。けれど自分の手がどこにあるか分からなくて加減《かげん》を誤り、中指を強く突いてしまった。痛みだけが宙に浮く。それを見つめようとして見えなくてだけどなにかが見えている気もして、怖《こわ》くなったりゾッとしたりと心が忙《せわ》しない。

すぐにまた、喉《のど》が開きそうになるのを堪《こら》える。ぐっと握《にぎ》り拳《こぶし》を作り、衝動《しょうどう》を別の形で発散しようとその側面を壁にぶつける。なんの兆候《ちょうこう》もなく、鈍い音だけが生まれる。

それを僕がやったのだ。

まるで、超能力者にでもなった気分だ。

めいっぱい自嘲《じちょう》してから、歯軋《はぎし》りをこぼす。

あの女を殺してやりたい。

だけど今のところ、この現象から解放されるための希望は不本意だが春日透しかない。

春日透が透明化を解除《かいじょ》できるなら、頼み込んで……どうにかならないよなと溜息《ためいき》を吐く。素直に僕の要求を聞く理由があいつにはない。初犯か、何度目か分からないが人殺しであるということを知ってしまった僕を生かしておくことすら許さないだろう。

僕があいつを問題視するのなら、逆も然《しか》り。

そして人殺しなら、その解決方法はいたって単純なものとなる。

殺してしまえばいいのだ。

そんな相手に、どうやってこちらの要求を呑《の》ませたものか。口外しませんなんて口約束を信用するはずがない。僕が透明《とうめい》じゃなくなることに利点がなければ……あるのか、そんなもの。

昨日までなんの接点もなかった僕たちには、利点とか、利益とか。

そういう前向きなものなんか見つけられるはずもなかった。

とはいえ、できるのならまだいい。

最悪なのは、解除《かいじょ》なんかできないとなった場合だ。そうなったら僕は、どれだけ決意してもどれだけ努力してもどれだけ抗《あらが》っても、すべての敵を打ち倒してもすべての災厄《さいやく》を取り除いても、どうにもならないものを抱《かか》えた結果しか手に入らない。それを人は絶望という。

そしてその可能性をひしひしと感じているのは、単に僕の心が弱っているだけだと思いたい。なにか前向きになれること……僕の前にあるべきもの。姉さんしかない。

姉さんは、僕を見通しているみたいだった。それもそのはず、姉さんは初めからなにも見えていないので当然だ。姉さんだけがこんな僕を見つめてくれる。それは大きな救いであると同時に、枷《かせ》でもあった。問題がなければとっくの昔に家へ帰っている。

姉さん以外は誰も僕を見ることができない。両親も例外ではなく、そんな状態での生活が少し続けば姉さんが異端《いたん》に見られるのは分かりきっていた。そうなれば、姉さんの隠《かく》している異能まで公《おおやけ》になって、どんな処置を施《ほどこ》されてしまうか。姉さんに迷惑《めいわく》だけはかけられない。

だからこの身体《からだ》をなんとかしない限り、姉さんのもとに帰ることはできない。

「…………………………………………」

透明化の解除か、気が狂うか。どちらが早く訪れるだろう。

届き始めた朝の光が、別に僕にはなにもしてくれない。

影も作ってくれないのか、と振り返って落胆《らくたん》した。

それでも暗雲が彼方《かなた》へとしまわれて、夜が明けていく。

酷《ひど》い夜が、ようやく終わる。

◆

酷い夜だった。とはいえ、浅い眠りから覚めるとそれなりに気も晴れていた。

後始末を終えて布団《ふとん》に横になったときは眠れるか懐疑的《かいぎてき》だったけど、思いの外《ほか》、あっさりと意識が薄れた。生徒会長に襲《おそ》われる可能性もあったけれど、その時はその時、素直に死ぬしかないと開き直って特に警戒《けいかい》もせず対策も立てなかった。結果、朝日が眩《まぶ》しい。

障子《しょうじ》を開けると穏《おだ》やかな春が顔を覗《のぞ》かせる。三月と異なり、朝から陽気だ。時計を確かめると少し早く起きたようなので、そのまま日に当たってしばし和《なご》む。寝起きの身体《からだ》に積もる蠟《ろう》のような気怠《けだる》さが溶けるまでは動かない。

これこそ正に春日《かすが》だなと、独《ひと》りつまらない冗談に笑った。

首の傷は湿布《しっぷ》を貼《は》って、寝違いとでもごまかすことにした。足では貼りづらい位置だったので少々の無理をして、今朝は腰《こし》と首が痛い。不便な位置を噛《か》んでくれたものだ。あの状況で噛みつき攻撃《こうげき》に出ること自体、正気とは思いがたい。刺されて逆上しても、手足が出る前に歯が出るなんて私みたいだ。頭おかしいんじゃないだろうか、あいつ。

その生徒会長は夜をどう過ごしただろう。超能力者に理解のある家庭なら素直に家へ帰っただろうけど、この町でそれはあまり期待できない。どこで夜を明かしたのか。まぁ場所には困らないだろう、透明《とうめい》人間だ。

その気になればどこにでも入り込める。それこそ今、この場で私の隣《となり》に座っていても不思議じゃない。不思議に思えない。ゆっくり、部屋を見回す。刀は澄まし顔で横になっていた。

「今日は……」

学校に行くとして、それからどうする。むぐむぐ、口を寝言のように動かす。

生徒会長の情報が必要だ。名前、家、姉についても知っておきたい。名前が分かれば苗字《みょうじ》から住所を割り出すことは難しくない。ただ、今の状況で表立って動くのは悪手かもしれない。

生徒会長の失踪《しっそう》はこれから騒ぎになっていく。その騒ぎに乗じるように動けば、関連づける者が出てきてもおかしくない。水面下で動こうにも、その水面が推し量りづらい。

取り敢《あ》えず学校に着いたら、名前ぐらいは調べても問題ないだろう。

いつまでも生徒会長ではどうにも印象が薄い。名前あってこその私たちだ。

次第、次第に髪や肌もまどろみから覚めて柔らかさを取り戻す。角度が変わり、強くなり始めた日差しを受けて目の奥が痛みを伴《ともな》って引き締《し》まった。意識が眠りの泥《どろ》を払い、力強く立つ。応《こた》えて、足も伸ばした。立ち上がり、微《かす》かに目が眩《くら》むのも春の中ではどこか心地《ここち》いい。

この穏やかな時間と景色の中に溶け込んで、私への殺意は渦巻《うずま》いているのだろうか。

生徒会長はいつ私のもとにやってくるだろう。携《たずさ》えてくるのは言葉か、暴力か。

危機は今日か、明日か、今か。私はそれを凌《しの》ぎきれるのか。

その予測のつかなさに、心がときめきを感じる。

それは春の始まりにも似た軽快さを持って、私の足に翼《つばさ》を生やす。

◆

駅前から離れた僕の頼りない足は、やっぱりというか、自分の家へ向かっていた。

ただそれは帰るためではない、姉さんを守るためだ。

春日透《かすがとおる》が姉さんの口封《くちふう》じを企《くわだ》てる危険に今頃、考えが回る。あのときも姉さん個人を狙《ねら》っていたのか無差別なのかも定かじゃないが、もう一度狙わないなんて保証もない。だから家の前を見張るぐらいはしておいて損はない。どうせ、今の僕には学校も無縁だ。出席しても欠席扱《あつか》いになるのなら、行く意味なんかない。

朝練に向かう学生たちとすれ違う。町は浮かび上がる泡《あわ》のように、静かに息づいていく。人も少ない田舎《いなか》町の朝は、空の青さが波のように広がるその音まで聞こえてきそうだった。

道の端《はし》を歩き続けて、家の前までやってくる。夜中には遠い世界に思えていたのになんてことないように着いてしまって、不思議な戸惑《とまど》いが胸を満たした。

正面から二階を見上げる。当然だが僕の部屋に灯りはない。姉さんの部屋は一階にあるし、窓もないので外から様子を窺《うかが》うことは叶《かな》わない。

車庫を覗《のぞ》くと親父《おやじ》の車はなかった。僕の不在がありながらも会社には出かけたみたいだ。親父の性格ならそうするだろうと納得はした。でも、心配はしないのかとなんだか引っかかるものがあった。僕はまぁまぁ、いい息子だと思うのだけど。

家に背を向ける。見えないのだから家の敷地に突っ立っていてもいいのだけど、姉さんが外に出てきたときに鉢合《はちあ》わせると困る。嬉《うれ》しいけど問題だ。だから少し距離を置いて、家の前を見張ることにした。

他所《よそ》の家の塀《へい》に背をつけて、息を吐《つ》く。そうするとどっと、疲れが肩にのしかかる。気疲れか単純な疲労かも分からない。乗じるように、肩の傷も疼《うず》いた。

「……寝不足だ」

家の塀が内側に曲がって見える。それに頭も重い、脳に酸素が足りていない。身体《からだ》ががたである。ホテルのソファで横になっていても誰も咎《とが》めはしないけれど、誰かが僕の上に座れば騒ぎになる。そう考えると無防備に眠ることもできなかった。結局、僕はろくに休める場所もなく、これからの生活は野宿に毛が生えたようなものになるのだと思う。

人の目に映《うつ》らない透明《とうめい》人間が、誰よりも人に気を遣《つか》うのも皮肉なものだ。

しかし、僕はいつまで家の前を見張っているつもりなのか。区切りを考えるなら学校の授業が始まるまでか。その後は学校へ行って、春日透の登校を確認すればいい。いなければまた戻ってきて、見張りを……正しいけど、いや正しいけど。

根本的な解決になっていない。大体、春日透が姿を見せたらどうするのだ。

番犬みたいに吠《ほ》えて噛《か》みつく？　いや噛みつくのは昨日やった。そして追い返すことはできた。でも追い返しても懲《こ》りるとは思えない。むしろ今度は家の前に僕がいることを想定して、慎重に、えげつない行動に出てもおかしくない。

だったら、どうするのか。

実行できるかはさておき、殺す以外の方法がろくに思いつかない。

そして少し考えるだけで脳が痛い。

立っていても、気が緩《ゆる》むと意識が飛びそうになる。ごんごつと後頭部を塀《へい》で打つ。

中に入ってもいないのに、家の側というのはどうしても安らいでしまうようだ。

うつらうつらしている間に時間は過ぎて、集団登校の小学生たちが前を通っていくようになる。僕は接触されないかとおっかなくなって塀に張りつく。行方《ゆくえ》不明になる事件が起きて以来、小学生は形骸《けいがい》化しつつあった集団登校を徹底していた。帰りも、むしろ下校時間の方が危ないということでみんな揃《そろ》って帰るのをよく見る。

今では自治会で、外出の際にも保護者同伴《どうはん》でなければいけないというお触れを出そうかなんて話題も出ている。超能力駆除《くじょ》を担当する専門家がああだこうだと理由をつけて田舎《いなか》町には来てくれないので、解決するまでは集団登校、下校が続くだろう。

解決とは、春日透《かすがとおる》容疑者（仮）が逮捕《たいほ》されることか。

どうも、現実味がない。あいつが超能力者だからかもしれなかった。

「…………………」

子供たちの列はまだ途切《とぎ》れない。眺《なが》めている間に、徐々に塀から背は離れて。

しかし……なんだな。

ざわざわする。

たくさんの視線が僕の前を素通りしていく。それだけで、なにもしていないのに頭の中が乱れる。この肌に来る心地《ここち》の悪さはまったく対極にあるはずの、視線が集《つど》うときに似ていた。

景色の一部として流すのではなく、完全に無視されている。塀や友達、空にと忙《せわ》しなく動く少年少女の瞳《ひとみ》が僕を一切《いっさい》、捉《とら》えない。その薄気味《うすきみ》悪さが堪《こた》える。僕は優しさとか心とか、確かにあるはずなのだけど見えなくて儚《はかな》くて素敵《すてき》なものと同一視されてしまっているわけだ、勘弁《かんべん》してくれ。

誰にも見られないなら、自分がここにいる意味というものを危うく感じてしまうのかもしれない。だって実際、ないし。自分の価値というのは人が決めるものだった。

今の僕は一体、なんなのか。

現状、家族にどんな扱《あつか》いを受けているのかも不明瞭《ふめいりょう》だ。家出か、それとも例の行方不明事件における犠牲《ぎせい》者の一人とされているのか。想像して、あの女のぎょろついた瞳を思い出す。切り替えの早いやつだった。あれは性格もあるだろうけど、場慣れしているのが大きいように感じる。それはつまり、常習犯の可能性大ということだ。とんでもないやつが町に平気な顔で生活していたものである。……ん？　いや、待てよ。

春日透のことではなく、その少し前。

「……あっ、そうだ」

思わず声に出すほどの気づきだった。むしろ、家出にしてしまえばいいのだと。

家出の旨《むね》を伝える書置きを机にでも残せば、親も余計《よけい》な方向に動くことはない。姉さんだってあらそうなのねと思うかもしれない。いや姉さん聡明《そうめい》だしそれはどうだろう。そして僕がつい声を出してしまったので、側を歩いていた男子小学生が頭を上げてこちらを見上げていた。見えてはいないと思っていても、どきりとしてしまう。

男の子はそのまま集団登校の流れに乗って、すぐに目の前からいなくなった。

安堵《あんど》した後は、人の列が途切《とぎ》れるまで口を固くつぐんだ。

人気《ひとけ》がなくなってから、自分の家の前へ戻る。すると丁度《ちょうど》、母親が家から出てこようとするところだった。表面上は普段とさして変わりない。息子が心配で一睡《いっすい》もできなかったという風貌《ふうぼう》ではなかった。ええいそろいも揃《そろ》って、と憤慨《ふんがい》しながらも早足で向かい、母親が扉を閉める前にその隙間《すきま》へ入り込む。鍵《かぎ》もないので今こうして入らないと手荒な方法に出るしかなかった。しかし少々遅くて、入っている途中に扉に挟《はさ》まれることとなる。いるのが分かるはずもないので、無遠慮に扉がぶつかってきた。角と接触した腕に痛烈《つうれつ》なものが走って、思わず声をあげそうになった。

扉が急に止まったので母親が不審《ふしん》な顔になる。手応《てごた》えもあったらしくなにかあるのかと、家の中を覗《のぞ》くために扉を少し開いた瞬間《しゅんかん》に玄関へ身体《からだ》の残りを運んだ。慌《あわ》てて入って転んで音を立てては台無しなので、慎重にその場で屈《かが》む。

母親はひとしきり眺《なが》めて僕に気づかず、首を傾《かし》げながら今度こそ扉を閉じた。鍵がかかる。その音を聞いて、家の鍵は一つ借りていった方がいいと思った。

足音が完全に離れたのを確認してから膝《ひざ》を伸ばす。脇《わき》の下駄箱《げたばこ》に手を置いて身体を支えながら、溜息《ためいき》を吐《つ》いた。溜息も透明だ、あぁそれは元からだ。

母親に無視されることも来るものはあったけどそれよりも、もう少し防犯意識を持ってくれよという心配が先立つ。超能力者のいる世界なのだから、本当は些細《ささい》な疑いも捨ててはいけない。

僕みたいに常識を超えて忍び込むやつがいないとも限らないのだから。

家の中は一切《いっさい》の物音がない。姉さんも外出しているか、部屋にいるとしても寝ているのだろう。靴の有無を見ると前者か。見張った意味がない。

透明《とうめい》な靴を脱いで廊下に上がりかけて、場所を忘れそうだから持っていった方がいいかと引き返す。そうして透明な靴を手探《てさぐ》りで摑《つか》んで拾い上げたところで、ギョッとする。汚れが浮いていた。最初は微生物の大群が宙を舞っているかとわけの分からない勘《かん》違いをしてしまって腰《こし》が引ける。しかし微生物が肉眼で見えるはずがない。手の側から動かないそれをしばらく眺めて、靴の裏の汚れだ、と気づいた。

歩いているときに付着したものは透明にならない。道路に立っているときは目立たなかったけれど、こうして宙に浮かせてみるとカビのお化けみたいだ。正体が分かってもそのまま、普段は気にも留めないそれを見つめる。

身体を覆《おお》い隠《かく》すほど厚着をして、顔もサングラスとかマスクで隠して帽子をかぶれば、そこに僕は蘇《よみがえ》るのだろうか。表面を構成するものが、僕のすべてなのか。

完璧《かんぺき》に僕を描ける人と出会えたら、問題は解決するのかもしれない。

靴の汚れを落としてから懐《ふところ》に入れて、階段に向かった。

階段を上る。が、二段目に足をかけたところで向こうずねを打った。打った瞬間《しゅんかん》、目に涙が溜《た》まるのが分かった。奥歯を噛《か》みしめて耐えながらも、「て、て、て」と踊りそうになってしまう。これはきっと痣《あざ》になるだろう、見えやしないけど。

怪我《けが》の状態が視覚で判断できないことにゾッとする。肩の傷も浅いから助かったけど、それを痛みだけで診断するなんて僕には不可能だ。極力怪我は避けないと。

しかし家の階段に苦戦しているのに、果たしてそれは容易なのか。

家は見慣れていて目を瞑《つむ》っても歩けるぐらいの……あぁそうかと、その通りにしてみた。なまじ、透明《とうめい》を目で追いかけようとするから失敗するのだと悟《さと》る。目を瞑りながら階段に足をかけると、いつもみたいになんてことなく上っていくことができた。

姉さんの感覚に触れられた気がして状況も忘れて頬《ほお》がほころびそうになった。

自分の部屋に入る。昨日、出かけたときそのままで脱ぎ捨てた寝間着も部屋の隅《すみ》に残っている。部屋の真ん中まで来て、空気をめいっぱい吸い込む。何年も暮らしてきたその部屋の空気で肺を満たせば、少しは、僕を取り戻せないかと思ったのだ。

深呼吸してから部屋を歩き回り、家出に必要なものを考える。持っていくとしたらまず財布《さいふ》。電話、はいらないか。他には着替えを数着持っていくだろう。突発的な家出ならそれぐらいか。

通学に使っていたサブバッグの中身を机に出してから着替えの服を畳《たた》んで詰め込む。去年の修学旅行の準備を、少し思い出していた。

先程《さきほど》の考えにふと手を止める。この場で着替えて、顔も隠《かく》して……というやつだ。でもそんなやつが家を出て行くところを近所の人に見られたら問題が増えるばかりか。

荷物をまとめてから、ルーズリーフとペンを用意する。

家出の動機はどうするか。少し考え込んでから、ペンを走らせた。

『自分を見つめ直したいと思います。必ず帰りますので、安心してください。　明《あきら》』

書き置きを作成して、教科書を文鎮《ぶんちん》代わりに端《はし》に載《の》せる。必ず帰りますと、自分に言い聞かせるように書いたそれを指でなぞる。姉さんのもとに、早期に帰らないといけない。そうしなければ、僕は僕でなくなるような予感さえあった。

準備をすべて終えて鞄《かばん》を持ち上げる。ハッとする。これでは鞄が宙に浮いているようにしか見えない。これじゃあなにも持ち運べないじゃないか。どうにかならないかと部屋を見回しても、なんとかなるものが昨日まで常識的だった僕の部屋にあるはずがない。この部屋で一番の怪異《かいい》は僕自身だ。つまり、答えがあるとするなら僕だ。

ふと思い立ち、服の内側に鞄をねじ込んでみる。

するとに浮き上がっていた鞄《かばん》が消えてしまう。正確にはその質感を肌で確認できているので、僕と同じように見えなくなっただけだ。取り出すとすぐに鞄が生まれ出る。腹の中に戻す。消える。

不思議だった。鞄に手を載《の》せても消えはしない。しかし透明《とうめい》な服の内側に丸ごとすっぽりくるむと、鞄は僕の目にも見えなくなってしまうのだ。手のひらで摑《つか》むのだけではだめで、すべて隠《かく》さないと機能しないらしい。

一時的ではあるけれど、鞄が僕の一部となってしまったように。

透過しない透明、という考え出すと頭がどうにかなりそうな概念《がいねん》がここにあった。この現象は少し突き詰めると矛盾《むじゅん》を生むようだが、しかし矛盾なんていうのは一般的な人間の視点から生まれた不可解に過ぎない。超能力という価値観の孤島においては、別種のルールが適用される。

そう、春日透《かすがとおる》の用いる透明化には、ルールのようなものがあるらしい。

推測になるがそれは、春日透という人間に有利になるために生まれたものなのだろう。比べるのもおこがましいけれど、姉さんにしか感じ取れない世界があるようなものかもしれなかった。その世界で生きるために、独自の発達を遂《と》げていく。

人間なら誰しもが持つ適応力は、未知の世界にまで及ぶのかもしれない。

色々疑問はあるけれど、隠す目処《めど》がついたのは助かるところだった。これなら鞄だけではなく、大きくないものなら持ち運べる。まだ実行はしていないしためらいもあるけれど、これで最悪、日々の食事もどうにかなりそうだった。

透明人間だろうと生きている。生きるからには、腹が減る。だけど残念ながら、僕はお金でのやり取りも難しい。

つまりはそういうことだった。

部屋を後にして階段をまた、目を瞑《つむ》って下りる。そのまま玄関に向かおうとして、でも、と廊下の奥へ足が伸びる。いないことは分かっていて、だから、と姉さんの部屋の扉を開けた。途端《とたん》、姉さんの香りに包まれて膝《ひざ》が折れた。

母の胸の中に帰るとは、こんな気持ちなのか。いや普通に母親いるけど、そういうことではなくもっと精神的な回帰を味わっていた。やはり、姉さんといてこその僕だ。離れるしかない現状でまっさらに、透明で虚無《きよむ》なのは僕の心境を素直に反映しているだけなのかもしれなかった。

それから立ち上がった後、引き返すか迷う。深く迷い、しかし、足は前へ滑《すべ》る。きっと、長い家出になる。そう言い訳して、タンスを開く。

姉さんの下着類が入っているそこを覗《のぞ》くだけで心臓が痛い。ずきずきしたものを堪《こら》えながら、飾りのない下着を一着、手に取る。そして、握《にぎ》りしめる。

それだけで、涙が溢《あふ》れて止まらない。

姉さんは僕にいつも、希望を与えてくれる。

鞄《かばん》に下着を入れてから、自分の部屋よりも名残《なごり》惜しいけれど姉さんの部屋を出た。そうして懐《ふところ》から靴を取り出して玄関で履《は》いていると、打ったすねの痛みも小さくなっていた。それを感じて、今更《いまさら》ながらにそれもあり得るなと気づいた。僕の透明化《とうめい》も永続ではなく、時間をおけば治《なお》るかもしれない。

それなら本当にしばらく人の目を避けて過ごせば、元通りの生活に帰れる。

なんだ、と心に浮力が生まれるのを感じる。

でもその理想に水を差すように、疑いも芽生える。

そんな不完全な能力で、殺人に踏み切れるだろうかと。

僕があいつの立場ならやらないし、春日透《かすがとおる》はもう捕《つか》まっていると思う。

淡い希望を散らしながら、家を後にする。鍵《かぎ》をかけて鞄に放り込み、服の内側に隠《かく》しとやっていると、やたら髪の長い女の子が不安定に頭を揺《ゆ》らしながら家の前を通りかかる。鞄を隠すのが間に合って、萎縮《いしゅく》しかけた胸が安堵《あんど》に抱きしめられる。

その小柄《こがら》、というより痩《や》せっぽちな女の子は髪の毛が上半身の半分を占めているのでは、と思うほどだ。黒く、艶々《つやつや》としたその髪と裏腹に肌は青白く、その陰気な雰囲気《ふんいき》だけでも不登校の気配を感じ取れた。偏見だろうか。

僕と同じ学校の制服であるその子が通り過ぎるのを慎重に待っていると、ほぁあ、と驚愕《きょうがく》する。女の子がいきなり血を吐《は》き出したのだ。ぴっしゃしゃあと、ホースから放たれる水みたいに。ゲロではない、赤すぎる。でも勢いと量が吐瀉物《としゃぶつ》のそれで、うわわと傍《はた》から見ているこっちが血の気を失う。

ぱちゃちゃちゃちゃ、と軽快ですらある音を立てて道路に鮮血が注がれた。

艶やかなほど、赤い。

口もとを押さえた女の子は慣れているように口周りを袖《そで》で拭《ぬぐ》い、「こりゃいかん」と道路の汚れはそのままに引き返していった。人の家の前を堂々汚していった、という事実もアレではあったが、その豪快《ごうかい》な体調不良に度肝《どぎも》を抜かれる。つい押さえていた腹から腕が離れて、鞄がずり落ちる。拾いはしたもののそのまま数秒、隠《かく》すことも忘れて飲まれてしまう。

そうして、僕は油断した。

その女の子と血痕《けっこん》に、つい気を取られてしまっていた。

だからそれとほぼ同時のこと。他人様《ひとさま》の家の塀《へい》をよじ登ってきた別の女の子に、気づくのが遅れてしまったのだ。

◆

朝食の場ではいつも、祖父が味の感想を求めてくる。実は毎回、大変だ。

美味《おい》しい以外の美辞麗句《びじれいく》をあの手この手でひねり出してくるのも限界がある。

「いつもお見事《みごと》です」

ということで最近は結構、無難なところに落ち着いていた。

そういえば、生徒会長は食事をどうしているのか。透明人間《とうめい》なのだから、まぁどうにでもできるか。彼がその気になれば、好きな女子の裸《はだか》だって覗《のぞ》き放題だ。極悪人ならそれ以上の犯罪も、容易《たやす》く実行に移すことができる。

できることならいつまでも悲嘆《ひたん》に暮れて後ろ向きになり、能力の意味や価値には目覚めないでほしいものだ。有効に活用されると、私の失敗を喧伝《けんでん》しているかのように感じられてしまうのでひどく、腹が立つ。

「今日はどうする？　泊まるか？」

祖父が漬物をかじりながら尋《たず》ねてくる。

私は少し返答を遅らせてから、「そうしようと思います」と答えた。

迷っていたわけではなく、迷いがなさすぎるのも不信を買うかと思ったのだ。

「ん、そうか。俺は一向に構わんが」

「はい……」

含《ふく》みがあるような言い方に箸《はし》を止めると、祖父が口をもごもご動かす。

「うちの息子……ん、まぁつまり両親と上手《うま》くいっていないわけでは、ないのだな」

祖父が心配するような素振《そぶ》りで、私の家の様子を窺《うかが》ってくる。実家が嫌《いや》になったから祖父の家に寄り付いている、ということも考えてはいたみたいだ。それは同時に祖父やこの家への好意の有無という心配もあるのではないかと、私は推測する。

しかし恐らく祖父にとっては幸いなことに、逃避先では「ございません」

ここは、私にとって理想の家だった。

祖父の和《やわ》らいだ表情に微笑《ほほえ》みかけながら、むぐむぐ食べる。

そうやって談笑しながらも考えているのは生徒会長のことだった。

祖父に生徒会長のことを聞いてみようか。本人との面識はなくともその祖父やら父親やらとは親交があるかもしれない。田舎《いなか》の情報網《もう》を侮《あなど》ってはならないのだ。でも、これから騒ぎが起こるであろう状況で生徒会長のことを聞くのは少々、軽率か。

数日もしないうちにまた、自治会の会合がある。今回も参加して、会長なりお年寄りなりのネットワークに頼って情報を収集する方が無難か。行方《ゆくえ》不明者の話題に加われば自然、生徒会長の話に持っていくこともできるだろう。

予定を立てながら、お椀《わん》を足の指で摑《つか》んで味噌汁《みそしる》をするのであった。

それから用意をして、用意というのは登校の準備ではなく透明人間に襲《おそ》われてもある程度の安全を保証するようなそれであり、そんなこんながあって学校へ行き、そして早速敵の名前を知る。

生徒会便りというものが職員室の脇《わき》に貼《は》られていて、そこに生徒会長様のご挨拶《あいさつ》と名前が堂々掲載《けいさい》されていたので探《さが》す手間が省《はぶ》けた。必要ないけど、面白《おもしろ》みのない生徒会長の抱負《ほうふ》等々もつい読んでしまう。誤字を見つけた。全部目を通してから、名前を舌でなぞる。

明神明。

ふりがなはないけど、みょうじんあきらと読むのだと思う。

こいつが私の敵だ。敵を知り、己《おのれ》を知ればなんとやらではないけどただでさえ透《す》けている人間像が少しだけくっきり浮き上がったように感じる。それと明神《みょうじん》という苗字《みょうじ》にもつながりを見つける。自治会長の苗字と同じだ。祖父なのかもしれない。

これなら一層、話を聞きやすそうだ。

見るものは見たので生徒会便りの前から離れる。

これで小さくはあるけど一歩、あいつに近づく。あと何歩先にいるのか。

明神明もまた、私を知ろうと動くはず。

透明《とうめい》人間であるという利を活《い》かす。それを前提に、あいつの意思を読む。

あいつのことは見えない。しかし、その行き先ぐらいは予測がつく。

そして今、そこへ向かうところだった。

ここだなと。教室の入り口から、その空間を見回す。

見慣れたこの景色の中に、やつは潜《ひそ》むことを選ぶと確信があった。

◆

女の子が僕を見つめている。正確には、宙に浮く鞄《かばん》に目が釘《くぎ》付けだった。

塀《へい》から飛び降りた女の子が着地するのを見て、鞄をゆっくり下ろす。どうにか、目の錯覚と思ってくれないものか。そろり、と置いた鞄から一歩、二歩と後ずさる。

女の子は遠くから鞄を睨《にら》みつけて、険《けわ》しい顔になっている。去って行く様子もない。

「うーん、今、浮いていた……側には……」

いやに遠回りに、周囲を警戒《けいかい》するようにしながらも徐々に鞄との距離を詰めてくる。女の子は自分の鞄から当たり前のようにカッターナイフを取り出して、刃をちきちき伸ばしていく。

昨今の中学生は当たり前のように刃物をちらつかせるのか。というかなにする気だ。

これは、なんだかもう、この場に留《とど》まること自体に嫌《いや》な空気を感じる。鞄を置いたまま逃げれば僕は無事だろうけど、この女子中学生がなにをするのかと、そのカッターナイフを恐れる。

ここは騒ぎになることを覚悟《かくご》の上で、鞄を回収して遁走《とんそう》する他ない。

よし、と身体《からだ》を前後に振る。よし、よし、よし行くぞ、と機を見計らって走った。

鞄をひったくるように回収して、そのまま中学生を無視して道路を目指す。

「おぉぉぁぁ飛んだぁ！」

女子中学生が驚愕《きょうがく》している隙《すき》に距離を取ろうと、一直線に逃げ出した。

透明《とうめい》人間なのに、人目を気にしすぎるのは僕のせいなのか？

家の敷地から出て道路を曲がろうとした瞬間《しゅんかん》、「あっ」と気づく。

足を下ろそうとした先に赤い水玉を見た瞬間、やってしまったと悟《さと》った。でも気づいたところで修正は間に合わず、そのまま靴の踵《かかと》が綺麗《きれい》に血の上を滑《すべ》った。

血の溜《た》まりに、背中からべっちゃり落下したのを感触で知る。

バナナの皮で滑る漫画みたいに派手に転び、後頭部まで強く打った。

そのまま道路に倒れこみながら、痛みに口の端《はし》が引きつる。

実に分かりやすい伏線《ふくせん》を回収してしまった。

転がっている間に女子中学生もやってくる。鞄《かばん》を引っ摑《つか》もうとしてきたので、

「ま、待て待て待て」

鞄を上下に振って僕の外見の代わりとしながら、遂《つい》に声をかけてしまう。

「ほぎゃぎゃ！」

女の子が足に刺激でも受けたように飛び跳《は》ねる。反応が忙しいことに同情する。

だけどもう少し静かにしてくれないと、近所の人が出てきてしまうぞ。

「僕はここにいる。聞いてくれ、怪《あや》しくはない、害意もない。ただ見えないだけだ」

起き上がりながら説明する。怪しくはない、はさすがに嘘《うそ》だよなぁと思ったが止まれない。

女の子は腰《こし》が引けたまま、カッターナイフをちらつかせる。こっちが怖《こわ》いわ。

「な、なんですかあんた！　いや、違う違う、なんスか！　け、血痕《けっこん》が浮いているッス」

変なところを言い直してきた。なんだと聞かれても、困るのだが。

「透明人間《とうめいにんげん》、らしい」

そこを一番に明かすべきだろうと思った。女の子は段々と冷静になってきたのか、飛び跳《は》ねるのを止めて僕を見つめる。ついでのようにカッターナイフも鞄《かばん》にしまう。そこにまず安堵《あんど》した。血痕《けっこん》というのは背中についた血の跡《あと》が宙に浮いていることだろう。やってしまった、血は簡単に取れないと聞く。コインランドリーは使えるだろうか。

「ちょっと失礼」

女の子が手を伸ばしてくる。声の聞こえてくるあたり、つまり口もとを大まかに狙《ねら》って伸びてきた手が、僕の鼻を摘《つま》んだ。女の子の目が細まる。

「鼻ッスか？」

「ッス」

「それは失礼を……」

女の子がすぐに手を引く。さりげなくスカートの端《はし》で指を拭《ぬぐ》ったのは見なかったことにした。

「はぁー……変わったのに会っちゃったッスね」

僕としても、そんな風に嘆《なげ》きたいところだ。なぜ出会ってしまったのか。

「町公認なんスか？」

「いや……」

そんなわけないだろう。それなら、どれほどいいものか。

「縁というものがあるのか分からないが……少し、話をしないか」

大騒ぎされるよりは身の上を明かして説明したほうが賢明《けんめい》だろう。女の子のある程度は冷静であるところも含《ふく》めてそう判断する。女の子は「声からして男」と目を見開く。

「透明《とうめい》人間さんにナンパされるとは……春は出会いの季節ッスね」

「僕も好きで透明なわけじゃない」

並んで歩き出すと、ハッとなった女の子がいきなりスカートの尻《しり》を押さえる。

「見えないからって寝っ転がってパンツとかみないでくださいッス」

「しねーよ」

見るかお前みたいな鶏《とり》ガラ不細工《ぶさいく》の下着なんか、とよほど本音を言ってやりたくなった。

姉さんを知らない女が世間ではしゃぎすぎだ。世界は大きく間違っていた。

そうして女の子に連れられて行った先は神社だった。神社と言っても本格的なものではなく、社殿も慎《つつ》ましいものだ。参道もなければ灯籠《とうろう》もなく、鬱蒼《うっそう》と、手入れをしていない木々が生《お》い茂っている。隣《となり》は貯水槽《そう》で、人気も、人の目も少なそうな場所だった。僕には関係ないが、女の子が一人で喋《しゃべ》っていては妙《みょう》にも思われるだろう。

女の子が社殿の階段に腰《こし》かける。僕は、見えちゃいないだろうがその正面の地面に座る。その際、加減《かげん》が分からなくて尻《しり》を強く打った。明け方の突き指もそうだが、見えないことに慣れるには時間がかかりそうだ。慣れる前に解決したいのだが、そう上手《うま》くいくだろうか。

姉さんへの思いも含めて、人生は上手くいくことのほうが少ない。

「いやぁ実はわたし、金属アレルギーなんスよ。だから、木がいっぱいのとこ好きッス」

「へぇ……」

その割にカッターナイフなんて持っていた気もするが、ありゃあ金属じゃないのか。

まぁ、金属アレルギーと言っても全部に反応するわけじゃないか。

「あ、それとこの喋《しゃべ》り方はわざとッスよ」

女の子が否定するように手を横に振る。

「あぁ、そうなの」

気にならないのでどうでもいいのだが。

「こういうちょっとバカっぽい喋り方しておくと、迂闊《うかつ》な発言しても反感買いづらいんスよ。あぁバカなんだなぁってそっちが先行するんスね」

ぺらぺらと、得意げに小賢《こざか》しいことを語る。随分《ずいぶん》とこまっしゃくれた中学生らしい。

僕もこの年頃は、姉さんの前以外ではこんなものだったかもしれない。

「ところで、話しづらいからどこにいるかの目印ぐらい作ってほしいんスけど」

「うん？」

女の子がへへへ、と愛想笑《あいそ》いじみたものを浮かべる。

「全然別のほう見て話していたら、わたしアホみたいじゃないッスか」

バカ喋りを意識しているのにアホに見られるのは嫌《いや》とか、おかしなことを言う。

本音は、僕がどこにいるか分からないと不安ってとこだろう。

「分かった、では服を着よう」

鞄《かばん》に手を伸ばすと、女の子が「ひょえぇぇ」と素《す》っ頓狂《とんきょう》な声をあげる。

「え、じゃあ今、は、裸《はだか》なんですか」

それはいけないッス、ッスと手で顔を覆《おお》って頭を振る。

「いやそういうことじゃなくて、着ている服も透明《とうめい》だから、その上に服を着ようって話」

「なんだ……」

少しがっかりしたような態度を見せるのはなぜなんだ。

謎《なぞ》の女の子は一旦《いったん》置いておき、鞄から着替えを取り出す。長袖《ながそで》、長ズボンに手袋まではめる。

上着の前も閉じきって、これで首から下の肌の露出はなくなったはずだ。つまり、暑い。

「マネキンとはまた違った不気味《ぶきみ》さッスね」

女の子の感想を受けて、己《おのれ》の不完全さを察《さつ》する。

「後はサングラスなり、帽子なりで顔を覆《おお》うことができればいいか」

帽子は持ってきたが、サングラスは部屋になかった。ついでにマスクもない。

首周りの隙間《すきま》も埋めたいが、この時期にマフラーというのも不自然だ。厚着だけの段階でも辛《つら》いものがある。控《ひか》える夏を想像するだけで汗が滲《にじ》んだ。前途多難である。

「顔を……あ、いいこと思いついたッス」

女の子が手を合わせる。

「もし次があるなら、楽しみにしておいてほしいッスよ」

「あ、うん……そうね」

曖昧《あいまい》に返事する。楽しそうにしているが、なんの話なのかついていけない。それでも人とこうして話をするというのは、気を紛《まぎ》らすのに十分な効果があった。

透明《とうめい》人間にも物怖《ものお》じしない子であるなら、なおよい。

その女の子が名乗る。

「遅れたけどわたしは田沼《たぬま》ッス。田沼葉子《ようこ》。田沼は意次《おきつぐ》の田沼ッス」

「……どうも。明神明《みようじんあきら》だ」

「ミョージンさんッスね」

軽薄な呼び方から、漢字分かっていない感じがした。

自己紹介を終えた後、確かめるか少し迷う。が、結局口にした。

「きみは外から来た人間なのか」

田沼葉子が口を開いたまま固まる。どう反応するか決めかねるように、停止する。

そんな態度を取られるとこっちも困ってしまう。そこまで深刻《しんこく》なことを聞いたわけでもないと思うのだが。

「なんで分かるんスか」

「名前が……雰囲気《ふんいき》とか諸々《もろもろ》かな」

根拠《こんきょ》を説明すると奇妙《きみょう》に思われそうなので省《はぶ》いた。「はぁはぁ」と曖昧に頷《うなず》く。

「転校生なんスよ。あ、中三ッス」

「そうなのか」

嘘《うそ》であると分かっていても、自然に対応できたと自負する。

「それでミョージンさんにまず聞きたいことがあるんスけど」

「どうぞ」

挙手《きょしゅ》する田沼葉子を促《うなが》すと、ごくごく普通に聞いてきた。

「なんで透明なんスか？」

そこを聞いちゃうか。いや聞くしかないのは分かるけれど、聞くのか。

「まぁ、よんどころなき事情があって」

「生まれつきスか？」

スーパー面白《おもしろ》い冗談を言っているのか、本気なのか区別がつかない。

背伸びした意見かもしれないが、若い子と話すって感覚だ。戸惑《とまど》いが多い。

「いや昨日から」

「へー。そりゃあまた急な話ッスね」

ほんとね。

「顔は分かんないけど声はイケメン面《づら》してるッスなぁ」

「それは、どう、も？」

褒《ほ》められているのか、すかしているとけなされたのか摑《つか》みづらい。

「ところで、なんで透明《とうめい》になったかっていう説明がまだッスけど」

そこが一番大事ッスよ、と話を戻してくる。言葉を濁《にご》したのに、察《さつ》してくれないのか。

「超能力者にやられた」

今更《いまさら》、超能力者の存在を知らないやつなんかいないだろうからざっくりと言う。

春日透《かすがとおる》の存在、その能力、肩を貫《つらぬ》かれたこと。

姉さんの存在はぼやかして、田沼葉子《たぬまようこ》に説明する。

田沼葉子は特に超能力者という部分に「あーやっぱり」と声を弾《はず》ませる。

まるで、それを期待していたような口ぶりだった。なにが楽しいか、と少し苛立《いらだ》つ。

「こっちからも聞くけど、きみ、なんで塀《へい》なんか上っていたんだ」

「えっ」

田沼葉子が意外そうな顔をする。なんで意外なんだ、とこっちが意外だ。普通の女子中学生は他人様《ひとさま》の家に塀を上って入りはしない。泥棒《どろぼう》だって家の前が開いていたらそこから入るんじゃないだろうか。大体、中学生はもう学校に行く時間だろう。

「まぁ色々と事情があるんスよ」

さっきの僕を簡略《かんりやく》化したような物言いだった。事情ねぇ、と睨《ね》めつける。

不躾《ぶしつけ》な態度を取ってもそれが伝わらないのは、透明人間の大きなメリットと言える。いいやつ仮面《かめん》をかぶっていなくても、口だけ柔らかいものにしていればいい。

「そうか」

色々な事情があるんだね、と流すことにする。田沼葉子がうぇひひ、と笑う。

「詳《くわ》しく聞かないんスか」

「ああ」

聞いてほしそうな顔をしていないからな。それに、嘘《うそ》を重ねられても意味がない。

「僕の身の上話はこれぐらいだ。あぁ、他の人には言わないでくれよ」

期待はしていないが秘密を求めると、「勿論《もちろん》ッスよ」と親指を立ててくる。

まぁ、仮に誰かに知られても身を隠《かく》すのは得意だ、どうにでもなるだろう。

「きみも、その人殺しには気をつけたほうがいい」

運がいいと透明人間だが、悪いときっと即死だ。

「そうッスね。……ミョージンさん、これからどうするんスか？」

この女子中学生は、聞かれて面倒《めんどう》なことばかり話題に振ってくる。

そんな先のことは分からないので、目の前のことだけ答えることにした。

「この後は学校に行こうと思っている」

「優等生ッスね、透明でもお勉強ッスか」

「そういうのじゃないんだが」

僕は春日透《かすがとおる》のことを知らなければいけない。そのためには付け回すのが一番だ。昨晩の反応を思い返せば、春日透にも僕が見えていないのは明白だった。尾行してもまず気づかれないだろう。対策がないとも限らないので、慎重には行きたいが。

「じゃあここでお別れッスね。なかなか珍しい体験ができて嬉《うれ》しかったッス」

じゃ、と田沼葉子《たぬまようこ》がさっさと走っていこうとする。その姿を見て、呼び止める。

「ちょっと待ってくれ」

右手の手袋を外《はず》して、服の袖《そで》を田沼葉子に向けて伸ばす。

「僕の手を握《にぎ》ってみてくれないか」

「はい？」

田沼葉子が戻ってきて、袖の先を覗《のぞ》き込む。中身は空洞《くうどう》だ。

「握手《あくしゅ》ッスか？」

「それでいいよ」

うーん、と田沼葉子が渋《しぶ》るように目を細める。

「その魔《ま》法《ほう》の手に触れたらわたしもトーメーニンゲン、ってことはないッスよね？」

「ない……と思う」

透明《とうめい》人間になってからは誰にも……あぁ春日透には噛《か》みついたか。でも大丈夫だったぞ。

思い出すと、いくら口をゆすいで時間が経《た》っていてもあの不快な血の味が蘇《よみがえ》る。

おずおずと、興味も手伝ってか田沼葉子が僕の手に触れてきた。ぴくりと、触れられて逃げるように反応する人差し指に田沼葉子のほうも驚く。若干《じゃっかん》、腰《こし》が引けていた。それでももう一度手を伸ばして、今度こそ握手を交《か》わしてきた。にぎにぎ、と田沼葉子の手が上下する。

少しひんやりとした手の温度を感じて、頬《ほお》がほころぶ。

「僕に、温度はあるか？」

「え？」

「あるかな」

それを知りたかった。田沼葉子は俯《うつむ》き、自分の手をジッと見つめた後、

「熱いッス」

顔を上げて、笑ってきた。不幸続きだったからか、珍しく、期待通りのものが返ってきた。

「そうか……あるんだな」

ここにいるんだな、僕は。

温度を感知する道具があれば、僕を見ることができるのかもしれない。或《あ》いはそうした科学を、春日透《かすがとおる》は超越《ちょうえつ》していくのか。それぐらいできて、超能力の気もする。

それから少しの間、田沼葉子《たぬまようこ》のすべすべとした手の感触を楽しんだ。すべすべ好きの姉さんを想う。そうして手を離した後、田沼葉子はその右手をくるくると回しながら、僕に言う。

「また今度、会わないッスか」

さっきはすぐ離れていったのに、どういう心境の変化だろう。

僕もまた、田沼葉子をなぞるように手を目の高さまで掲《かか》げる。

「もう少し聞きたいこととかあるッスから」

「ふむ」

「三日後、またここでどうッスか。夕方くらいに」

わたしが無事だったら、と小声で付け足すのが風の向こうに聞こえた。

塀《へい》を上らなければいけないような事情がやはり、あるようだ。

「三日か……じゃあまた、僕も無事だったらこの場所で」

今の僕には三日先の話も遠いものだった。

田沼葉子を見送る。手を振ると、彼女から譲《ゆず》り受けた熱がすぐに冷めて剝《は》がれた。

一人になった途端《とたん》、神社の木々が揺《ゆ》れて重なり合い、騒々しくなる。まるで人の目がなくなったから、木が枝や葉を振るって好き勝手に踊っているようだ。僕がいるぞ、と呟《つぶや》いても風と木の踊りは続く。僕は色んなものに認められていない気になってしまう。

これ以上、ここに留《とど》まる理由はなにもなかった。

三日後といえば日曜日か。なにかあっただろうか。いや、なにもない。

僕の予定はこれから、本当の意味で真っ白だ。

明神明《みょうじんあきら》として生きてきたこれまでを一度捨ててしまった方が早いぐらいに、思い描く未来と繋《つな》がる部分はないのだった。だからこそ、田沼葉子との約束には意味がある。

弾《はじ》かれるように神社の外へ出て、学校を目指して歩き出す。そしてすぐに気づく。服を着たまま歩いていたら不審者《ふしんしゃ》そのものだ。言っていて矛盾《むじゅん》ありまくりだが、慌《あわ》てて服を脱ぐ。鞄《かばん》だって普通に持ち歩いているわけにはいかない。人と話したせいで色々と油断があった。

血痕《けっこん》のついた服も脱ぐ。町中で上半身とはいえ裸《はだか》になるのは抵抗があったが、歩く怪異《かいい》になるわけにはいかない。肌に直接汚れがついたら今度はどうにもならないので、慎重に町中を歩かざるを得ない。人の世を好きに生きられない透明人間に、果たして価値があるのか。

鞄《かばん》をズボンの内側に詰め込んで尻《しり》を膨《ふく》らませるという、絶対に見られたくない格好《かっこう》で学校まで早足に進んだ。素肌に浴びる日差しが熱い。痛いぐらいだった。背中がじりじりと焼けていくとなんだか、両腕を振り上げて叫び出したくなるような衝動《しょうどう》に駆《か》られてしまう。

今の僕の鬱屈《うっくつ》はいつ爆発してもおかしくないものだった。

校舎に入ると温度差に二の腕が震《ふる》える。階段を上って、一年生の教室を見回る。その頭の上、上級生の階では僕の欠席がどう受け止められているのだろう。誰も気に留《と》めてなんかいないだろうか、それとも少しは残念に思ってくれているだろうか。気にはなるが、覗《のぞ》きには行かない。

そうして、1―Cの教室に春日透《かすがとおる》を見つける。春なので教室の戸を開け放しているのが幸いした。気づかれないよう忍び込める。春日透は窓際《まどぎわ》の席で大人《おとな》しく授業を受けていた。その澄ました表情を見た瞬間《しゅんかん》、自然に握《にぎ》り拳《こぶし》を作る。

どうして僕がこんなに苦労して、こいつが平然としているのか。

簡単だ、こいつが悪だからだ。悪だから、悪事に手を染めようともなにも変わらない。その横っ面《つら》をぶん殴《なぐ》ってやりたいが、昨晩のぎょろりと動く瞳《ひとみ》を思い出す。居場所を明かせば、手痛い反撃《はんげき》を受ける恐れが頭をよぎった。痛めた脇腹《わきばら》が熱くなり、自己主張するようだ。

教壇《きょうだん》の前を横切り、懐《なつ》かしい授業内容を聞きながら春日透に近寄る。春日透もまさか、教室で大騒動を招くような罠《わな》や仕《し》掛《か》けは用意していないだろう。腕をだらりと垂れ下げて、気怠《けだる》そうに板書を書き写している。口にくわえたシャープペンで、器用に、そして正確に字を書くものだった。僕より字が綺麗《きれい》かもしれない。

その一部始終を脇で眺《なが》めていても、春日透は一度として僕に振り向くこともない。隙《すき》だらけだ。見たいわけでもないが、田沼葉子《たぬまようこ》の発想を実践してみれば簡単に下着を拝《おが》むこともできる。……パンスト越しなので分かりづらいが、水色と見る。しばらくそのまま眺《なが》める。

春日透《かすがとおる》が、少しは悔《くや》しがったり恥ずかしがったりしないものかという期待があった。そうして屈《かが》んでいて気づいたが、春日透の足は引き締《し》まり、洗練されたものを覚える。姉さんの美しさには一蹴《いっしゅう》されるが、使い込まれたものであるのは分かった。腕が動かないことへの答えが、この足にあるのかもしれない。

ゆっくりと立ち上がり、今度はその首の側へ手を伸ばす。触れることも、絞《し》めることも、折ることだって。今の僕にはなんでもできた。ここで首を絞めても、春日透が一人でいきなり苦しみだしたようにしか見えないだろう。指がそれを待ち望むように、ぴくり、ぴくりと折れる。想像するだけで息が上がりそうになる。心臓が痛く、頭が真っ白になっていく。吐息《といき》の乱れが春日透の耳に聞こえてはと、腕を引いて窓の端《はし》まで後退する。春日透は僕の方など見向きもしないで、平気な顔で授業を受けている。僕のことなど、まったく、恐れていないように。

どうしてそんな度胸があるのか。

だからこそ人が殺せるのか、それとも、逆なのか。

恨《うら》み辛《つら》みと異なる、怪物《かいぶつ》への恐怖と関心が湧《わ》く。

僕は傍《かたわ》らで春日透を見つめ続ける。くしゃみの一つも出ないように、気を遣《つか》いながら。春日透の周囲にペンの走る音以外はない。余所見《よそみ》や雑談といった紛《まぎ》れを挟《はさ》むことなく、黙々《もくもく》と授業に向き合っている。そこから受ける印象は生真面目《きまじめ》そのものだ。

斜め後ろの席の男子が、そうした春日透の姿を見つめていた。頬杖《ほおづえ》を突いてさりげなさを装《よそお》っているが、僕という存在には気を使っていないので、使えるはずもないので筒抜《つつぬ》けだ。僕以外にも春日透に注目している。彼は春日透のどこに目を引かれているのか。ペンの握《にぎ》り方か、長髪か、まさか横顔か。春日透はそうした視線に気づいているのだろうか。同級生がかわいいと評していたのを遠いことのように思い出す。

姉さんを知らない連中には、そう映《うつ》るのかもしれない。

僕の目には憎らしく、禍々《まがまが》しいものにしか見えなかった。

しかし……と左右に頭を振る。授業中の教室で一人突っ立っているというのはどうにも落ち着かないものだ。見えていないと分かってはいても教師の存在にそわそわする。それが僕の常識に反するからだろう。そしてそれは、社会の常識でもある。

今は重なっているそれが透明《とうめい》人間として過ごすうちに乖離《かいり》していく様《さま》を想像すると、ゾッとしないのだった。

そうして授業が終わり、昼休みを迎える。各々《おのおの》の用意する昼飯を眺《なが》めていると、今度は腹の虫にも気をつけないといけなかった。田沼葉子《たぬまようこ》と出会ったときに食事の確保を手伝ってもらえばよかった、と今更《いまさら》に悔《く》やむ。

春日透は教科書を片付けてから一人教室を出て行く。他の生徒と出入り口で接触しないよう、機を見計《みはか》らってからその後を追った。方向から、行き先が学食ではなく購買だと悟《さと》る。それから、追いかけるときも廊下や階段の端を意識して選ぶ。肩が壁《かべ》に擦《こす》れてその冷たさを感じると、自分が今、半裸《はんら》になっていることを思い出した。学校の廊下でこんな格好《かっこう》になっているやつが紛《まぎ》れているなど、歩いている下級生たちの誰が想像できるのか。

僕がその気になってしまえば。

春日透《かすがとおる》のように振る舞えば。

この生暖かい空間に、春風と共に惨事《さんじ》を運び込むことだってできる。

そしてそれを咎《とが》められる者は、阻《はば》むものはなにもない。今まで不自由しか感じてこなかった透明《とうめい》人間という在《あ》り方に途端《とたん》、光が広がったように感じる。

できることの幅《はば》が狭《せば》まったなんて、とんでもない。

迷惑《めいわく》をかけていいんだ。

その恨み辛《つら》みが僕に向くことはないんだ。

リスクなく周りを傷つけていいなんて、最高だ。

思わず足が千鳥足《ちどりあし》のようによろめく。

だけど。

だけど、と額《ひたい》に引っかかるものがある。ぶら下がって、目の前をちらつく。

姉さんが、そんな僕を知ったらなんて思うか。

姉さんだけが僕を見ている。これまでと変わりなく、僕を知っている。

それを意識すれば、そうした横紙破《よこがみやぶ》りな振る舞いに対する高ぶりも萎《しぼ》む。静けさの蘇《よみがえ》る心境に、自分の倫理観やら道徳の基盤には姉さんがあるのだなと痛感する。

誰かに嫌《きら》われたくない。疎《うと》まれたくない。

僕らが悪いことをしないためのブレーキなんて、それで十分なんだ。

春日透には、それがないのかもしれない。

その春日透が階段を下りる。離れて続く。しかしその途中、踊り場で周囲の流れに逆らうように一人、立ち止まる。正面の、横に長い窓から差し込む光の中、影が動いた。

春日透が振り返る。それも、僕を見上げて。

春の日差しにそぐわない寒気が一瞬《いっしゅん》にして僕を囲う。

階段に足をかける直前、中途半端《ちゅうとはんぱ》な足もそのままに固まる。春日透の視線は正確無比《むひ》ではないけれど方向も概《おおむ》ね合っていた。目つきも景色を取り入れる広さはなく、知り合いを出迎える暖かさもない。春の陰《かげ》に未《いま》だ潜《ひそ》む冬の凍土《とうど》を彷彿《ほうふつ》させる、低温の殺意が冷ややかに僕を射抜《いぬ》く。見えていないと、呪《のろ》いのように憎む透明《とうめい》化にこの場ではすがりながら耐える。すり足で壁《かべ》の端《はし》に張り付き、ジッと、終わりを待つ。

春日透は振り向くだけで、引き返してくることはなかった。不自然に思われない程度の時間を見計《みはか》らって、何事もないように階段を下りていく。僕はすぐに追いかける気になれなくて、踊り場の端まで移動して小さく息を整える。べったりと壁に貼《は》り付けた手のひらで身体《からだ》を支えながら、深呼吸した。

春日透《かすがとおる》が異質だと改めて理解する。

冴《さ》え渡る感覚が埃《ほこり》にも等しい差異から僕を見抜いているのか。それとも、僕の行動を予測したうえでのカマ掛けか。どちらにせよ、無警戒《むけいかい》ではないということだ。

それを敢《あ》えて晒《さら》すのは、僕への牽制《けんせい》かもしれない。

自分の側で透明《とうめい》人間が好き勝手しているのは、たとえ見えなくともいい気分ではないだろう。そうした僕に釘《くぎ》を刺すための振る舞いだとするなら、実に、効果的だ。

それと、あの女が購買でどうするかなんて見てもなんの参考にもならないことに、立ち止まってようやく気づく。しかし一人戻って教室で突っ立っているのも間抜けが過ぎるので、結局は追いかけることにした。人混みに触れないよう壁際《かべぎわ》に張りつきながら階段を降りる。

結構な時間を落ち着くのに使っていたのか、春日透を見つけたのは購買の前でのことだった。春日透が器用に足の指で財布《さいふ》を開き、購買を担当する女性に金額を支払っている。姿勢の関係上、足とスカートを大胆《だいたん》に開く形となっていて、それを遠巻きながらも、男子たちが注目しているようだった。周りの女子等の目を気にしてさりげなさを装《よそお》うと、目が左右に忙《いそが》しい。

パンストに包まれた足が高く上がる様《さま》は、黒い鶴《つる》が首を伸ばすようだった。

それと関連して気づいたが、並んでいる学生が男女問わず、春日透に気を遣《つか》うように距離を開けている。混雑が周辺に押しのけられて、悠々《ゆうゆう》、買い物していた。

「あ、剝《む》いたげようか」

支払いが終わった後、女子の一人が春日透のパンの包みを取る。春日透は目だけを動かして、「ありがとう」と素直に親切を受け入れる。周りから随分《ずいぶん》と親切にされるものだ。僕からすれば腕が使えない、動かせないという立場を自然に利用しているようにしか見えない。用意されたパンを見下ろして、春日透が静かに笑う。

一体、誰に向けた笑みなのか。

封《ふう》を破《やぶ》いたパンを袋に入れた後、春日透が購買の前から離れる。離れると、わっと周辺の人たちが買い物を再開した。それを尻目《しりめ》にそのまま教室へ戻るかと思っていた春日透は、袋の持ち手をくわえたまま下駄箱《げたばこ》に向かう。靴を履《は》き替えて外に出て行ってしまう。どこへ行くのだろう。グラウンドはあまり歩きたくないけれど、気になったので付き合うことにした。

春日透はグラウンドを一人突っ切り、部室の裏手まで、人気《ひとけ》のない場所までやってくる。そこまで来るとむしろ、僕の方が周辺を警戒《けいかい》するようになっていた。風に巻きあがった微細な土《つち》埃《ほこり》が僕にかかっていないかと気を配る必要もあるし、第一、春日透がなにをしでかしてくるかと気が気ではない。その春日透が部室の壁《かべ》を背もたれにして、影に座り込む。

パンの袋を足の上に載《の》せて中身を覗《のぞ》く。どうもこんなところで食事するつもりらしい。

なにか理由があるのか。もしかすると、透明化になにか関係があるのかもしれない。

春日透が人目を避けるとするなら、そのあたりに関連していると思うのだ。

そう考えて注視していると、春日透がパンの袋に口を入れる。そしてパンに直接かじり付いたと思ったらそのまま、丸ごと口に含《ふく》んでしまう。引き締《し》まった顎《あご》と対照的にまん丸く膨《ふく》らんだ頰《ほお》が年齢不相応に見えた。もっくもっくと、唇《くちびる》を強く閉じたまま顎を大きく動かす。

辛《つら》いのか、目もとは据《す》わって乾いていた。

そのまま咀嚼《そしゃく》し続けて飲みこんだ後、パンの袋を脇《わき》に落とす。そして、

「残りはあなたの分よ、明神明《みょうじんあきら》」

穏《おだ》やかに名前を呼ばれて、息を呑《の》む。呼吸も忘れて春日透《かすがとおる》に見入る。

春日透はグラウンドの端《はし》を、真っ直ぐ見つめていた。

「いるんでしょう？　右か左に……多分、左？」

当たり、と口の端《はし》が引きつる。こちらを見向きもしないまま、微《かす》かに笑っている。

「じゃあね。袋は片づけておいて」

春日透が立ち上がり、本当に、颯爽《さっそう》と歩き去ってしまう。なんの確認もせず、一方的に発言して。僕がいなかったら、ただの危ないやつだしこんなところにパンを残していくしと問題だらけなのに、なにを考えているんだとその行動と頭の具合を疑ってしまう。

敵に塩を送るとか、そんな心づもりはないだろう。

気まぐれ、余裕の表れ？　そんなところじゃ、ないだろうか。

どちらにしても春日透の施《ほどこ》しなんて、と肩が怒りそうになる。

だけど胸と腕をくすぐる風が気持ちよくて、毒気《どくけ》を抜かれる。

振り向くと、暖かな日差しが僕の背中を撫《な》でていた。見えない背中をくっきり、意識させる。自分でも忘れそうになる輪郭《りんかく》と光の溶け合う感触に酔《よ》いしれて、足が震《ふる》える。

春は、人を憎むのに向かない季節かもしれない。

春日透の座っていた場所を、なぞる。

足を抱《かか》えるように座りながら、残された袋を開けてみる。カレーパンが二個入っていた。胃が縦《たて》に引き絞《しぼ》られる。思考はぶつ切りとなり、夢中で手を伸ばした。かぶりつく。

口に含《ふく》んだ瞬間《しゅんかん》、どこに潜《ひそ》んでいたのか唾液《だえき》がぶわりと溢《あふ》れ出る。酸っぱく感じるほどに。

カレーパンは、普段食べているカレーより辛《から》かった。

人参《にんじん》が半生《はんなま》だった。

でも、飲みこむだけで幸せになれた。

飲みこんでから少しの間、膝《ひざ》に顔を埋めた。腹の底が、熱い。

そうしてからまた、食べ進める。毒《どく》も罠《わな》も疑わなかった。

ただ、途中で覗《のぞ》きに来るかと思ったが、そんなこともなかった。

春日透は、自《みずか》らの軌跡《きせき》を疑わない。

どんな頭をしているのかと、改めて、敵にした相手の奇抜《きばつ》さに目を白黒させる。

食事を済ませて（言いつけ通りにゴミも片づけて）から教室に引き返すと、春日透の机を中心にして何人かの女子が集っていた。一緒《いっしょ》に休み時間を、ということらしい。僕も昨日はクラスの仲間と学食に向かったものだ。

春日透《かすがとおる》がその和気藹々《あいあい》とした中心に陣取《じんど》っている。

立場も相手も違うのに、自分の居場所に取って代わられたような気になる。

現金なもので空腹が落ち着くと、また春日透に腹が立ってきた。

その春日透の側に静かに近寄り、引き続き留《とど》まる。

いつ当たり前のように振り向かれても動揺《どうよう》しないように、覚悟《かくご》する。

「そういえばさぁ、聞いた？」

女子の一人が話題を中央に投げ込む。

「生徒会長が夜中にどっか走っていって、そのまま帰ってこないらしいよ」

不意打ちの驚きに、覚悟が揺《ゆ》らいで気の動転《どうてん》を招く。

無我夢中《むがむちゅう》で家を出て町を駆《か》け巡《めぐ》っていたことを思い返す。夜とはいえ目撃者《もくげき》がいても別段、不思議ではない時間だ。僕が最後に確認されたのは、そのあたりになるのか。

驚く僕と対照的に、当事者の春日透は素知《そし》らぬ顔でとぼける。

「そうなの？」

「うん。今日も休みらしくて、部活の先輩《せんぱい》が噂《うわさ》してたんだ」

話の広まりの早さに、思わず舌打ちをこぼしそうになる。こぼした水が地面に染み込むようだ。田舎《いなか》はもっと他に話すことがないのか。

「セイトカイチョーも行方《ゆくえ》不明になっちゃったのかな」

別の女子が笑い話のように言う。気楽に、無遠慮に、言ってくれる。

「えぇぇ、なんだよ狙《ねら》いは美少女だけじゃないのか。ちょっと安心だわ」

あはははー、と女子が暢気《のんき》に笑う。それを受けた春日透もまた、笑う。

「この間も自治会の人たちが行方不明になったし、見境なしね」

澄まし顔に微《かす》かな微笑を持って、春日透が他人事《ひとごと》を装《よそお》う。

この女は、堂々と。僕が側にいると分かったうえで笑っているのか。分かっているに違いない。そして自治会だのと話題を振りまくのを聞くに、あれもやっぱりこいつの仕業《しわざ》なんじゃないかと思う。証拠《しょうこ》はないが、一番疑わしいのは間違いなかった。

「早く犯人捕《つか》まってくれないかな。部活の帰りに寄り道もしづらいしさー」

生徒の自分勝手な悩みを解決するのも生徒会長の務《つと》めだ。

終わらせてやろうかと何度、春日透の首に手が伸びかけたことか。

春日透は一度として振り向くことなく、平然と談笑していた。

その後も掃除《そうじ》時間を挟《はさ》んで授業中、合間の短い休み時間と春日透を観察し続けた。

放課後を前にして、受けた印象をまとめる。

春日透は、いたってまじめ。人当たりがよく、物腰《ものごし》柔らかい。すれ違った男子が一瞥《いちべつ》をくれる程度に容姿の評判もいい。授業にも欠かさず参加して、その姿勢もまた真っ直ぐ。僕があの夜に出会った女とこの春日透《かすがとおる》を結びつけるのは手ごわそうだった。

更《さら》に厄介《やっかい》なのは腕が使えないという同情で、外面《そとづら》の良さを厚塗りしていること。

それが一層、鞘《さや》に収まっているときの春日透の人殺しという本質を覆《おお》い隠《かく》している。

これが、既視《きし》を感じる。どこで見たかと、少し考えてみてその愚《おろ》かさを恥じる。

なんのことはない、昨日までの僕そのままだった。

そして、それが嫌《きら》いなやつが僕と同じような生き方をしている。

嫌いな理由かもしれないと思う。

そうすると屈辱《くつじょく》にも似た憤《いきどお》りが、鼻の奥からいつまでも抜けていかない。

◆

帰り道も半《なか》ばまで来たところで、まだついてきているなと確信する。

朝からずっと誰かの視線を感じる。極々密《ごくごくひそ》やかな息づかいを感じ取る。昼休みもそうだったけれど、やつがいる。

私の予測通りに透明《とうめい》人間が側にやってきているのだ。素知《そし》らぬ顔をし続けるのは若干《じゃっかん》の緊張を伴《ともな》っていた。教室で、授業中にいきなり首でも絞《し》めてくるようなら面白《おもしろ》かったのに、そういうことはしてこないらしい。私や他の女子の下着でも覗《のぞ》いて楽しんでいたのだろう。想像したら少し頬《ほお》が熱くなる。さすがに覗かれては恥ずかしい。

とはいえ、そんな絶好の機会にも私を殺すことには踏み切れない。私と違って今まで人を殺したことがないから、それが普通の反応だ。いつその普通がひっくり返るか。それは決して遠い話ではないと、私は予感する。

家の前まで来て、思いつき、鞄《かばん》を開く。ノートの端《はし》をちぎって使えないのが勿体《もったい》ないけど、その場で屈《かが》んで祖父の家の電話番号を書き記す。祖父の家には未《いま》だに下駄箱《げたばこ》の上に固定電話があるのだ。ノートをその場に置き、インターホンを押して祖父の出迎えを受けて家へ入る。

明神明《みょうじんあきら》が拾って少し考えれば意図が分かるはずだ。分からないようなやつなら、それはそれで安心する。そんな程度に頭が回らない相手なら、ろくに警戒《けいかい》しなくてもいいからだ。

座敷に戻って鞄を片づけていると、玄関の方で電話が鳴る。祖父に電話をかけてくる相手などほぼいない。でも電話はある。そこに祖父の思うところがあるのかもしれなかった。

台所の方から出てくる祖父より早く玄関に向かう。そして説明する。

「多分、私宛《あ》てです」

「ん、おぉ、そうか」

祖父は納得しないというか、訝《いぶか》しむように首を傾《かし》げながらも台所へ戻っていった。

さて、と。少し、わくわくしながら受話器を取って肩と頭の間に挟《はさ》む。

「はい、春日透《かすがとおる》です」

分かりやすいだろうとフルネームで名乗ってやる。一拍置いて、声が聞こえた。障子《しょうじ》のように薄っぺらい声だ。

『……明神明《みょうじんあきら》だ』

向こうはともかく、こちらは初めて意識してその声を聞く。

私も明神明も、固定電話で話している。つまり、話している間は移動できない。

「これならお互いの安全を保証しながら話せるでしょう？」

台所の祖父まで声が届かないよう、控《ひか》えめに応対する。

『公衆電話が未《いま》だにそこらへんにある田舎《いなか》っていいよね』

「いいよね」

重苦しい調子で軽い言葉を交《か》わした後、本題に入る。

「私を一日中つけ回して、なにか用？」

分かりきってはいたけど敢《あ》えて聞いてみる。明神明も敢えて言う。

『単刀直入に言う、僕を元に戻してくれ』

「嫌《いや》よ」

無理よ、と言いかけたがそこまで明かさなくていいかと引っ込めた。受話器の向こうから憤《いきどお》りを必死に飲みこむような息づかいを聞いた。そりゃあそうだ、と口を離して笑う。

「元に戻したら私のことを言いふらすもの。そうしたら私が終わりだわ」

『……戻さなければ、どんな形であってもお前の犯行を告発する』

「どうぞ。でも今のあなたと私のどちらがこの町で信用されると思う？」

『…………………………』

返事がないので、そのまま一方的に続ける。

「私ね、大人《おとな》たちからとっても同情されているの。かわいそうな子なのよ」

揺《ゆ》れることとすらない両腕を見下ろす。時々、切り捨ててしまいたい衝動《しょうどう》が湧《わ》き上がる。

「腕も動かせない私が今までどうやって人を殺していたの？　証拠《しょうこ》は？　あなた自身？　それならあなたは人前に出ないといけないわね、そうなったら処分は確実ね、それでいい？」

腕が動かないというのは、どう取り繕《つくろ》ってもこの社会においてハンデとなる。

だからこれくらいの役得《やくとく》はあっても、不公平じゃないでしょう？

明神明《みょうじんあきら》の震《ふる》えた声が耳を摑《つか》む。

『お前という人間は』

「なぁに？」

『いや……お前は、人を殺すために生まれた存在みたいだ、と思った』

重く、籠《こ》もったような声だけど言い得て妙《みょう》なので不思議な爽快《そうかい》感が伴《ともな》う。

『上手《うま》く出来ているよ。腕が動かないっていうのも嘘《うそ》なのか？』

「それは本当。動くなら、あんな窮屈《きゅうくつ》な刀の振り方をしないわよ」

鍛《きた》えた口はともかく、腰《こし》や脇《わき》への負担は無視できないものがある。

明神明が黙《だま》る。正確には荒い鼻息ばかりが伝わってきた。牛のようだ。

「話がないなら切るけど？」

公衆電話が浮いて独《ひと》りでに操作されているのは気味《きみ》悪いだろうから。

不要な波風を立てるのは私としても好ましくない。

明神明が町の連中に捕《つか》まると、芋《いも》の根を引き抜くように私まで繋《つな》がりかねない。

『……言ってやりたいことは山ほどある。けど、それじゃあ解決しないんだ。きっとお前に言ったところでいらつくだけなんだ。分かっているから、耐えて、言わないんだ』

「あ、そう。じゃあさようなら」

さっさと受話器を置いてやった。私の方は別に、話し合いで解決する気などないのだ。

どれだけ事態が動いても、事情が絡《から》んでも結局、殺すこと以外の解決法などありはしない。

私は人殺しで、あいつはそれを知っているからだ。

また電話が鳴る。文句の言い忘れでもあったのかと出てみる。

「はい」

『昼休みはありがとう』

それだけ述べて、すぐに切ってきた。

今度は受話器を挟《はさ》んだまま、少し固まる。

「……素直なのね」

生徒会長とはこういうものなのか、と変な感動があった。

三度かけ直してくる様子はないので下駄箱《げたばこ》の前から離れる。このまま襲《おそ》いに来ることも考えて、鼻歌と共に座敷へ向かう。夕飯までは刀の側で待機していることにした。

床《とこ》の間に飾られた刀を動かして、抱くように柄《つか》を肩にかけながら、静かに安らぐ。来ないだろうな、と半《なか》ば分かってはいたけど期待しているところもあった。

物事が順調にいくことを願う自分がいる。

その気持ちと重なり合うように困難に恋をする。理不尽《りふじん》に恋い焦《こ》がれる。自《みずか》らを高める踏み台を待ちわびる、後ろ向きに明るいやつもいるのだ。

障子《しょうじ》の向こうから迫り来る春の夕暮れに、刀と共に染まる。

部屋に入り込んだ蝶《ちょう》が音もなく、埃《ほこり》の海を飛ぶ。

◆

日中は人目を避けて、夜は実家の庭で姉さんを守るべく番犬となる。

そんな生活が三日ほど続いた。多分、見えるなら酷《ひど》い顔になっている。身体《からだ》は軋《きし》みを通り越して、骨に痛みが張りついている。しずしずと、涙するように。その体調の悪化は、これからどうなるんだろうと僕を不安のまっただ中へ追いやるのに十分すぎるはどのものだった。

そして日曜日の夕方、約束通りに神社に姿を見せた田沼葉子《たぬまようこ》は休日でも制服だった。

その手には生き物の生首《なまくび》、の皮？　を担《かつ》いでいた。

「なんだそれ」

「ペンギンの被り物」

それは少し見れば分かる。でもパッと見ると色合い含めて燕《つばめ》のようだった。

「で？」

「はいどうぞ」

差し出される。ペンギンマスクと目が合った後、受け取る。

クチバシが思いの外《ほか》大きい。

「これを、僕に？」

どうぞどうぞ、と下手《したて》で煽《あお》られる。

もしかして、これが思いついたいこととやらなのか。

一応、かぶってみる。ゴム臭《くさ》い。圧迫感ある、蒸し暑い。

「完璧《かんぺき》ッスね」

田沼葉子、ご満悦《まんえつ》。

「なにが、どこが、どれが」

「首周りは見えないし、目元も暗くて分かんないし、ハゲも隠《かく》せているッスよ」

「ハゲてないッス」

思わず田沼葉子《たぬまようこ》化してしまった。ペンギンマスクの位置を調整しながら、左右に頭を振る。

クチバシの間に外が見えるだけなので視界が狭苦《せまくる》しい。自分の先行きを象徴するようだ。

「グラサンとマスクと帽子の人よりはきっと怪《あや》しくないッス」

「不審者《ふしんしゃ》と怪人《かいじん》に大きな差があるのかな」

クチバシがたゆんたゆんと上下に振れている。思わず、こけーこっこ、と鳴いてしまう。

「お、なかなか上手《うま》いッスね」

田沼葉子が手を叩《たた》いて賞賛してくれる。

それはニワトリの鳴き声じゃないか、と言って欲しかった。

微《かす》かなる失意を抱いて座る。田沼葉子は前みたいに階段に腰《こし》かけた。

「で、色々どうだったんスか」

なんともアバウトな質問である。色々ってどれのことなのか。

「春日透《かすがとおる》の家がどこにあるかは分かった」

話もしたことは黙《だま》っておいた。あのとき、姉さんの話を出さなくて正解だっただろうか。

出せば弱点と気づかれる。いや、気づかれてはいるかもしれないが確証を持たれる。そう考えて話題としなかったが、本当に正しい選択だったのだろうか。

田沼葉子が「へーじゃあ」と反応する。

「わたしにもその家教えてほしいッスよ」

「なぜ？」

きみには無縁の相手だろう。僕はそう思ったが田沼葉子が反論してくる。

「え、だってその人、人殺しなんでしょ？　知っておかないと怖《こわ》いッスよ、その近くには絶対に近寄らないようにしたいッス」

「……それもそうか」

若干《じゃっかん》の引っかかりはあったが至極《しごく》もっともな理由でもあった。口頭で伝えて果たして分かるものかと思ったけど、田沼葉子は「ほぅほぅ」と頷《うなず》いている。まぁ、分かるならいいか。

「有名なんスか、その人」

「この町ではね。腕を動かせない女だ」

そして、それを最大限に活用する女でもある。卑怯《ひきょう》で、賢《さか》しい。

「きみのほうは、えぇと……」

「あぁはい、大丈夫ッス、元気いっぱいッスよ」

軽快に有耶無耶《うやむや》にしてきた。まだなにも聞いていないのに、よほど懐《ふところ》を探《さぐ》られるのが困るのか。そこまで露骨《ろこつ》に怪《あや》しいと、僕の疑いのほうがかえって疑わしいぐらいだ。

「おっと連絡だ」

田沼葉子《たぬまようこ》が鳴っている電話を取りだして神社の隅《すみ》に走っていく。それを眺《なが》めて、携帯電話を部屋に置いてきたことを思い出す。誰か、僕を心配するメールでも送ってくれただろうか。

きっと僕は行方《ゆくえ》不明者と噂《うわさ》されて、この町にいないものとして扱《あつか》われている。

姉さんが、優しい姉さんがそれに反抗して疑いの目をかけられていないか。それが自分のことよりも心配で、手足が震《ふる》える。姉さんと離ればなれになって、禁断症状が起き始めている。

そういうときは、姉さんの下着を握《にぎ》り締《し》めて気持ちを落ち着かせるようにしていた。

姉さんと隔絶《かくぜつ》されて追い詰められる僕を救うのは、やっぱり姉さんなのだった。

電話を終えた田沼葉子が戻ってきて、お開きを宣言する。

「話の続きはまた明日で。今度は朝でもいいッスか？　ほら学校あるし」

取って付けたようなその発言にクチバシの奥で噴《ふ》き出す。

「構わないよ。どうせ、特に予定もない」

まるで今日は、春日透《かすがとおる》の家さえ分かれば後はどうでもいいとばかりだ。確かに危険を知りたい気持ちは分かるけど、釈然《しゃくぜん》としないものがある。あぁそれとペンギンもあったな、と息苦しさを思い出した。慣れてもやはりゴム臭《くさ》い。一度洗ってから被るものじゃないのか。

田沼葉子が挨拶《あいさつ》もそこそこに走り去る。この町でそんなに急ぐ用事があるのか。

やはり、あの女の子は。

考え込みながら、頬杖《ほおづえ》をつく。ペンギンの皮はごわごわと触り心地がよろしくない。更《さら》に言えば視界は狭く、光も差し込まない。

その視界を三割埋めるクチバシが、たゆんたゆんと揺《ゆ》れていた。

◆

夕方に見た自治会長は、ダイエットに魂《たましい》を売ったように痩《や》せこけていた。恰幅《かっぷく》の変化だけで二十歳は老《ふ》けて見える。明神明《みょうじんあきら》の失踪《しっそう》によるものなら、僅《わず》か三日で劇的な効果だ。自治会員の同情を一身に集めながらも司会役を務《つと》めている姿は、枯《か》れ木が風に吹かれるさまを眺《なが》めるような心境だった。

自治会長の話で気になったのは、外部からの超能力駆除係《くじょがかり》の招聘《しょうへい》だった。懸命《けんめい》な抗議にも似た活動が実を結び、近々来てくれるとのことだった。本当かなと半信半疑ながら、標的《ひょうてき》が増えるのは歓迎だった。率先《そっせん》して返り討《う》ちにしてくれようぞ。

会合が終わってから、私は目立たない程度に急いで自治会長の側に向かう。先頭の席に腰《こし》を下ろして失意を纏《まと》っている自治会長が、脇《わき》に立つ私を見上げた。

「どうも」

小さく頭を下げる。自治会長は「おぅ」と覇気《はき》のない声で曖昧《あいまい》に反応する。

その萎《しぼ》みきった老人に、少々の刺激を注ぐ。

「生徒会長はまだ、」

気まずさを意識して言葉尻《じり》を濁《にご》す。自治会長の顔の皺《しわ》が五割増しになった。

私の腕にすがるように、身体《からだ》ごとこちらへ向き直る。

「やっぱり……いえ、学校でも噂《うわさ》になっています。人望のある会長ですから」

明神《みょうじん》さんとか先輩《せんぱい》と呼ぶより、生徒会長が適切だろう。

「そうだろうなぁ。アキラも落ち込んでいるだろうなぁ……」

自治会長が皺《しわ》だらけの声で嘆《なげ》き悲しむ。けど、なにか変だった。

「アキラ？　それ、会長の名前では……」

大丈夫かおじいちゃん。と思っていたら、説明してくれる。

「あぁ……姉がいて、姉の方もアキラっちゅう名前でな」

「はぁ」

双子とかそういうものには見えなかったけど、普通同じ名前にするだろうか。

ややこしいだろうに、変わった親だ。

「まぁ、なぁ。最悪ではないかもしれんけどな」

「え？」

「家出なら、事件じゃあないし、でも巻き込まれたらと思うと……」

家出？　と内心で首を傾《かし》げる。どういう理由で家出と断定しているのだろう。学校では行方《ゆくえ》不明の被害者となっているし、明神明《あきら》はあの夜もそんなつもりもなかっただろうから……誰かが身内に対して嘘《うそ》を吐《つ》いたということになる。

それは明神明本人か、それとも現場に居合わせた姉の方か。

口の軽い老人からもたらされる情報を整理している間も、話はどんどん進む。

「優秀な子なのに、なんか不満があったのかな」

「期待への重責とかあったんじゃないでしょうか」

当たり障《さわ》りのない相づちを打つと、自治会長がうんうんと染みいるように頷《うなず》く。

「あの子は昔からいい子しすぎっちゅうか、いやぇぇことなんだが、我慢しすぎて弱音を吐《は》かん子でなぁ。それも強さから来るあの子の美点とは思っていたんだが、どこかでそういうのを吐き出すことを教えないといけなかったんだ。あぁ、そうだろうなぁ、姉の顔もよく窺《うかが》って世話して、ほんとう、できた子だったのに……」

そうかそうか、ところで。

「そういえばその会長の家はどのあたりに……」

どさくさ紛《まぎ》れに家の場所を尋《たず》ねる。

「あぁ、そこの通りから入って右んとこの道に……」

失意に溢《あふ》れる話し好きの老人が、ろくに考えもしないで明かしてくれた。

「なるほど、あのあたり……結構行くほうですしほんとう、怖《こわ》いですね」

神妙《しんみよう》な顔で同意を示しつつ、頭の地図を広げる。照らし合わせて、おおよそ判明した。家自体は近くないけど、通学中にその家の前を通ったことがあるかもしれない。ただし実家から通った場合の話だ。最近は祖父の家に寝泊りしているほうが多い。

家の場所が分かったら次はなにを聞いたものか。考えている間に別の老人がやってきて、「おぉおぅ」と話に加わろうとしてくる。こうなると、特定の話を聞き出すのは厄介《やつかい》だ。執心《しゆうしん》を悟《さと》られるのも愉快ではないので、このあたりを引き際《ぎわ》にして公民館を去ることにした。

適当に会釈《えしやく》して、自治会長の相手をお任《まか》せした。

早速、今夜にでも明神明《みようじんあきら》の家を覗《のぞ》きに行ってみよう。

祖父の家に帰ってからは時間を潰《つぶ》して、いつものように深夜の手前に町に出る。

今日探《さが》し求めるのは人ではなく、家だ。

でも一応刀は持ってきているし、隠《かく》れ蓑《みの》もかぶっている。なにしろ向かう先が明神明の家なのだから、あいつが側にいてもなんら不思議ではない。それと、あいつの姉もいるだろう。どちらに遭遇《そうぐう》したとしても、後悔しないように刀は携帯しておくべきだ。

それに、昂《たか》ぶったら帰り道に発散したくなってしまうだろうし。

今日の夜は冷え込んでいる。足の裏にその粒を感じながら、明神家を目指した。ひたひたと、足音は今のところ一つ。これが二つになったときを想像して、頭が熱くなる。

散った桜《さくら》がもう一度舞うように、心に大きな風が吹いていた。

そのひたひたが二つに変わることはないまま、明神明の家へと到着してしまう。残念、と自治会長の話と照らし合わせて外観を確認する。恐らく、ここで間違いないだろう。

夜更《よふ》けで汚れが見えてこないせいか、壁の白さが際立《きわだ》つ家だった。右手側に玄関があり、左の奥に物干し竿《ざお》と小さな庭が見えてくる。車庫もそのあたりにあるみたいだ。車は二台、そのどちらも含《ふく》めて家から物音は聞こえてこない。隠れ蓑に擦《こす》れる自身の吐息《といき》が耳を満たした。

俯《うつむ》いて足もとを覗《のぞ》くと、地面がうっすら汚れていた。雨粒の跡にしては黒い。

この間、首から流した血の汚れに似ている気がした。

暫《しば》く見つめてから、顔を上げる。

明神明の部屋は二階だろうか。部屋は灯りが落ちている。覗き見ながらも警戒《けいかい》は怠《おこた》らず隠れ蓑も取り外《はず》さない。庭に番犬が控《ひか》えていないとも限らない。お互いに相手が見えないのは難儀《なんぎ》なものだ。

場所が分かれば、今日のところはこれ以上の用事もない。

姉ぐらいならいつでも殺しに来ることができるからだ。

が、これで満足かと言えば、まったくそんなことはない。

明神明にも、その姉にも出会《でくわ》さなかった。途中からひたひた、期待していたのに。

うずうずしてくる。かたかた、刀が鳴る。

そうだよね、と私の動きに合わせて微細に揺《ゆ》れる刀に同意する。勝手に意見を決める。

どうせ夜に出てきたのだから、視察で終わりではもったいない。

刺殺も、していこうじゃないか。

元からそんな予定だったことには目を瞑《つむ》って、音を立てないように明神《みようじん》家を後にした。

浮かれた足取りで住宅街から離れると、通りに丁度《ちようど》いい獲物《えもの》の背中を見つける。仕事帰りで疲れ切っているのか広い背中が無防備だ。いけないよーと、距離をぐんぐん詰めていく。

加速していく動悸《どうき》に応じて、頰《ほお》が吊《つ》り上がる。どこまでも、際限なく盛り上がる。

これは目前に迫る殺意だけで成《な》しているのではない。

おい、見ているか。

今の私は殺すことに夢中だぞ。

だからもしいるのなら、明神明《あきら》。

隙《すき》だらけの私を。

その言葉の続きを思い描く前に、身体《からだ》が動く。

自動車のライトが交差して遠くへ流れていくと共に、駆《か》ける。

身を捻《ひね》り、大地を踏みしめて、刀と身体が走った。

刃が常識を、命を、肉を切り開く。

そして、私をその欲望の隙間《すきま》へと埋没《まいぼつ》させていく。

◆

気づけば春日透《かすがとおる》に馬乗りされていた。ハッとして、異議を唱《とな》えるなり起き上がるなりしようとした矢先に顔面を踏みつけられる。足裏と指を覆《おお》うパンストの感触が顔の上を這《は》い、その向こうでくわえていた刀と共に春日透の顔が近づく。にぃっと、くわえたまま口の端《はし》が山を作る。

混乱を来《きた》して、手足が凍《こお》りついている。抵抗できず、足の裏に蹂躙《じゅうりん》され続ける。

そして春日透が身を捻り、僕の胸に刀の先端《せんたん》を添える。

窮屈《きゅうくつ》な姿勢にも関わらず、腰《こし》を軽々と回した春日透がまた笑っている。僕を踏み潰《つぶ》しながら、命の端に触れながら、歓喜している。今まで出会ったことのない類《たぐい》の笑顔だった。

孤立するほどに純粋に歪《ゆが》んだ頰《ほお》と目の輝きが、煌々《こうこう》と、爛々《らんらん》と際立《きわだ》つ。

春日透には後ろ向きも、暗さも無縁だ。前向きにひたむきに、狂っている。

そのまま春日透の狂気が沈む。

僕の胸に刀を突き立てて、えぐり回す。

その猛烈《もうれつ》な肩の痛みに目を見開き……肩？

見当外《はず》れな部位の痛みが、目の覚めるきっかけとなる。

目を開けると、夜が広がっていた。

急速に身体が冷えて、どっと、汗が噴《ふ》く。

夢だったらしい。縁起《えんぎ》でもない内容だ。頭痛が頭の表面を流れるように巡《めぐ》り、まるであいつの足が本当に踏んでいったかのようだった。生々しく殺される想像ができたのは一度刺された経験からか。


「…………………………」


大きく息を吐《は》く。そして吸い込もうとして、胸が詰まる。

なぜ、春日透《かすがとおる》は人を殺すのだろう。そして、殺せるのだろう。

寝転がりながら化《ば》け物の気持ちを考えていると、頭痛が治《おさ》まらない。

今日も実家の庭に寝転がって、番をしていた。その最中に眠ってしまうとは、不覚だ。

家が、自分の部屋が目の前にあるのに冷え込んだ夜を一人過ごす。夕飯はスーパーから盗む。歯だって盗んだ歯ブラシで磨くし、洗濯も勝手に人の水道を使う。どうせ見えないからと裸《はだか》になって身体《からだ》も洗う。

どれもこれも人目ばかり気にして、おどおどびくびく。

僕は、世界一不自由な透明《とうめい》人間かもしれない。あくびの影響か、涙が滲《にじ》んだ。

こんな暮らしがいつまで続くのだろう。いつまでもか？　姉さんにも会えないで、ずっと。

冗談じゃないぞと自分の中でいきり立つものがある。姉さんへの崇拝《すうはい》にも似た忠誠が脳を奮《ふる》い立たせようと引き絞《しぼ》ってくる。不満が具体的に、頭痛という形で僕を苛《さいな》む。

どうにかしないといけない。
じゃあ、どうするか。
そうして最初の疑問に行き着く。
なぜ、人を殺せるのかと。
僕は春日透にならなければいけないかもしれないのだ。
いくら考えても人殺しの気持ちは分からない。
そんな僕に、人が殺せるだろうか。
殺したとき、僕はなにを捨てなければいけないのか。
怖《こわ》いことばかりだった。あの女に関わったことすべてが恐怖となる。
そうして恐怖に引きつる顔を食らいつくして、春日透は化け物となったのではないか。
孤独に、そんなことを思った。

◆

私は雑食なのだろうと思う。
顔見知りだろうと、見知らぬ人だろうと等しく高揚《こうよう》する。
私が人を殺して満たされるものは、一体なんなのか。

そんなことを、余韻《よいん》と共に感じた。

今夜は概《おおむ》ね上手《うま》くいった。前回のように無様《ぶざま》な帰り道でもない。お酒を飲んだことはないけれど、これがほろ酔い気分というやつかな。口も気も足も軽い。

殺した人間の命が私に活力として与えられているみたいだった。

ふらふらと、光のような足取りで陽気に歩く。

いつもと違う刺激が混じり、見える道は狭くなり、困難は増していく。

だからこそ、こんなにも愉快なのか。

人生の障害物、明神明《みょうじんあきら》。今も、私を見ているだろうか。

そしてなにをどう考えて、どんな結論を出して動いてくるか。

ふわふわとした頭で夢を見るように考える。

それが少し続くと気分は更《さら》に高揚《こうよう》して、夜空に向けて笑い声が漏《も》れる。

答えは星のように眩《まばゆ》く見えていた。

どれだけ遠回りしても、結論は一つしかない。

明神明。

「お前は、私をどう殺す？」

◆

「必殺技ッスよねやっぱり」

早朝、夜も明けきらない神社で落ち合った田沼葉子《たぬまようこ》がいきなりそんなことを言い出した。寝不足の頭がくらくらする。

「何の話？」

「怪傑《かいけつ》ペンギン仮面《かめん》に必要なのは必殺技ッスよ」

「どっちの意味も分からないのだが」

僕はそんなファニーなヒーローじゃない。そして必殺技などない。

強《し》いて言うなら、闇討《やみう》ち、騙《だま》し討ちか？　ヒーローかね、それが。

「しかしミョージンさんって、言い方はあれッスけど便利ですね」

「便利……まぁそうかもしれないね」

主に悪事を働くことにおいては。悪いことは人目につかないようにやるものだからな。僕には、最適なのだろう。皮肉交《ま》じりに自画自賛していると、田沼葉子の値踏みするような目つきが気になった。僕のなにかを推《お》し量るように、視線が動く。

「愉快なものじゃないな」

「なんの話ッスか？」

「いや……」

目を逸《そ》らす。合わせてクチバシの先端《せんたん》が揺《ゆ》れる。暑い。蒸す。

なんで僕はこれをずっとかぶっているんだ。

このまま季節が巡《めぐ》って夏になったら死ぬ自信がある。

夏は透明《とうめい》人間、冬はペンギン仮面《かめん》の半透半ヒーローが正しいと思う。

正しいってなんだ。

「……これを聞くときみが敵になるかもしれないから、黙《だま》っていたが」

目線が不愉快なのもあって、それを振り払う意味も込めて口が動く。

腰《こし》は少しだけ浮かせて、いつでも逃げられる姿勢は作っておいた。

「なんスか？」

「数日前に超能力者が捕《つか》まったんだ」

田沼葉子《たぬまようこ》の眉《まゆ》の端《はし》が反応する。そこは感情の管轄外《かんかつがい》なのかもしれない。

僕は問いを続ける。

「きみは、その仲間なんじゃないか？」

反応次第では横に飛びのいて逃げる心構えだった。

喉《のど》を締《し》め付けられるような緊張を持って、出方を見る。田沼葉子は鞄《かばん》を自分の側に寄せた後、手を、ぐぅ、ぱーと握《にぎ》って開いてを繰り返す。花占《うらな》いのような間隔《かんかく》で続いたそれがぱーを作った後、田沼葉子が溜息《ためいき》を吐《つ》いた。

「前も聞いたけど、なんで分かるんスかね。格好《かっこう》も地元に合わせたんスけど」

認めて制服の端《はし》を引っ張る。どこから調達してきたかは聞かないことにした。

「きみがついた嘘《うそ》と、後は僕みたいなやつへの応対を見ていればまぁ、分かるよ」

「……そうスか」

もっとも出自《しゅつじ》がどうであれ、今の僕には関係のない話だ。町の治安に貢献《こうけん》する気はないしむしろ、姉さんのことを踏まえれば超能力者への迫害を助長することなどごめんだった。そこまで詳《くわ》しくは語っていないけれど、そうした空気は田沼葉子に伝わったのかもしれない。田沼葉子は即座に僕を攻撃《こうげき》してくることはなく、頬《ほお》をぐにぐにと揉《も》みながら神妙《しんみょう》な表情となっている。僕も浮かしていた腰を下ろして、座り直す。

しばらく、枝葉の重なり合う音に包まれた。

生き物の呼吸を感じさせない神社に吹く風は、寂《さび》しくも涼《すず》やかだ。被《かぶ》り物の奥に浮かんでいた汗も次第に引いて、息苦しさも和《やわ》らぐ。日が当たらないのも、悪くない。

やがて、名前を呼ばれた。

「ミョージンさん」

「なに」

顔を上げた田沼葉子《たぬまようこ》が、笑う。

「わたしの『仲間』に会ってみないッスか？」

「うん？」

意外な提案だった。攻撃《こうげき》でも撤退《てったい》でもなく、友好とは。

「少なくともこの町の連中よりは、透明《とうめい》人間に理解あるほうだと思うッス」

「きみの仲間ってことは、超能力者の？」

町の近くに根付いているという集団の存在が頭に浮かぶ。

田沼葉子も、捕《つか》まった男もその一員なのかもしれない。

「まぁそれは、会ってみてのお楽しみッス」

田沼葉子が思わせぶりに有耶無耶《うやむや》な返事をする。僕を誘《さそ》って、実は町の一員で裏切るとは考えないのか。考えるから誘い込んでいるのか。

目を瞑《つむ》って、少し考える。しかしゴム臭《くさ》いなこのペンギン。

超能力者との接触。町の連中と違って拒否感はない。姉さんの存在があったから僕は偏見を持たないで生きられる。姉さん万歳。その姉さんの安全を、春日透《かすがとおる》を仕留《しと》める以上に意識する。

昨日みたいに、いつまでも夜中ずっと見張っているのは限界がある。

僕が側にいられなくなった以上、いざとなったときに頼れるものを見つけておかないといけない。退路は必要だ。問題は田沼葉子を信用できるかだけど、僕を始末するつもりならそもそもこの場で否定して、後で仲間に連絡でも取って確実に殺すだろう。疑っていてもキリがないし、なにより僕はそれなりにこの田沼葉子という少女に心を許していた。話し相手が彼女しかいなくて、そのせいだろうけど。

「一度会ってみたい。案内してくれ」

田沼葉子の提案を呑《の》む。田沼葉子がにかっと、歓迎するように笑いかけてきた。

「ミョージンさんならきっと気に入られるッスよ、主にクチバシあたり」

「そこは僕じゃねえよ……」

「案内は直接できないッスから、場所を教えておくッスね」

「きみは来ないのか？」

残念スけど、と田沼葉子が笑う。

「ちょっとやることがあるッス。終わったら合流するつもりなんで、また後で」

「そうか……町を歩くなら気をつけてな」

顔見知りが大人《おとな》たちに蹴《け》り潰《つぶ》される様《さま》は、見たいものではない。田沼葉子は「ッス」と短く応《こた》えて手をあげる。それから僕にその場所を、地図を見せつつ教えた後、時間が惜《お》しいとばかりに早足で神社から出て行こうとする。今まで見せていた動きと異なり、どこか筋張《すじば》ったものを感じる。

その去り際《ぎわ》の田沼葉子の呟《つぶや》きに、思わずクチバシが微細《びさい》に震《ふる》える。

陽気そのものな声は、喜びを奏《かな》でるようだった。

「超能力者同士はいいッスよねぇ。簡単に殺せるし、気軽に殺せるもの」

さて私ならどうするだろう、と思考と裏腹《うらはら》に歩きながら考える。

私が明神明《みょうじんあきら》だったら、春日透《かすがとおる》に対してどう対応するか。私が透明《とうめい》化の解除をできるか、半信半疑だろう。それに犯行の現場を見た被害者当人である以上、どっちみち、大人《おとな》しく解除するとは思えない。それなら実質、不可能と判断していい。つまりそれを餌《えさ》にするのは期待しない方が賢明《けんめい》だ。そして明神明が次に検討《けんとう》するとしたら、春日透を殺した場合、能力が解除されるのではないかという可能性だろう。

これればかりは私にも本当に分からない。されるかもしれないし、そのままかもしれない。他にすがれるものがないなら、と私に手をかけることは十分考えられた。

明神明が透明人間の自分に納得しない限り、殺し合いは避けられない。

でも、自分が相手の立場だったらという想像は参考になるのだろうかと改めて疑問に感じる。敵対するほどに立場の異なる他人を自分と同一視して行動を予想するというのもおかしな話だ。むしろそういう思い込みこそ死角を作るのではないか。

背後に迫っているかもしれない明神明《みょうじんあきら》を想像して、つい振り向く。

歩いてきた、変哲《へんてつ》もない通学路があるだけだった。シャッター街と揶揄《やゆ》される通りではあるけど、これでも田舎《いなか》町の全体像の中では明るく光っている部分でもある。この時間には登校中の学生と、仕事を終えて帰る水商売の方々が入り混じってそれなりに賑《にぎ》わっている。透明《とうめい》人間には歩きづらいことだろう。前を向く、けどまたすぐ振り返る。

「おや」

何気なく見逃《みのが》しそうになったそれを、思わず二度見してしまう。

登校する学生の自転車に次々追い抜かれる、頼りない人影が一つ。垂らした髪が額《ひたい》の中央を割り、その脇《わき》に控《ひか》える潤《うるお》いのない薄紫《うすむらさき》の瞳《ひとみ》は、歩道を歩いていてもどこか危なっかしい。光《ひかり》だった。似合わないけれど制服も着ているので登校してきたのだろう。引き返す。光もすぐに私に気づいて、ゆらゆらした。頭が左右に揺《ゆ》れている。意味が分からない。

「珍しいじゃない」

「もっと露骨《ろこつ》に褒《ほ》めていいよ」

「制服ほんと似合わないな」

そのまま並んで歩く。光の歩幅《ほはば》に合わせると、腰《こし》回りが疲れそうだった。

「春日《かすが》はパンスト似合うな」

「え？　あぁ、どうも……？」

序章―4

『悪手』

さっきの私への返しなのか分からず、曖昧《あいまい》な態度になってしまう。

「足が引き締《し》まっているからだな」

「えぇと、よく使うし？」

「あと黒いからか」

光が納得したように頭を振る。確かに生地は黒いけど、わけが分からなかった。

「それより、学校来るの初めてよね」

よく一人で来られたなという意味を込めて言ってみる。「まー」と曖昧な返事の後は鼻と頬《ほお》を擦《こす》る。猫みたいな仕草《しぐさ》だ。

「今日は調子いいの？」

「ご冗談。調子よかったら家でゴロゴロしているよ」

満喫《まんきつ》満喫、と腰が左右にくねる。まぁそうかもしれない。

「でも顔色はいいみたいだけど」

前髪の隙間《すきま》を覗《のぞ》く。単に明るい場所で見ているから、青より白さが勝っているだけかもしれない。顔を覗かれた光が立ち止まるので、なんだろうと思っていると。

「春日にはわたしのなにが見えているのかな」

興味深い。そう呟《つぶや》く光は表情の変化こそ薄いけれど、やはり、いつもより顔色が優《すぐ》れているように見えたのだった。

「あれ？　怪我《けが》したの？」

覗《のぞ》き返してきた光《ひかり》が首の湿布《しっぷ》を見つける。怪我に湿布を貼《は》るやつはあまりいないと思う。

「ちょっとね」

ごまかす。光はそれ以上言及《げんきゅう》せず、興味を失ったように前を向く。

……本気で聞いているのか、それともわざとなのか。

そのまましばらく、散歩のように通学路を行く。光も途中でうずくまって血反吐《ちへど》に埋もれるようなことはなく、ふらふらと頭が安定しないまま歩いている。重いのか。

「そろそろ髪切ったら？」

「バーバー春日《かすが》の営業時間はいつかね」

「私スーパーいいやつだからあなたは入店拒否してあげる」

切った髪どころか光まで透明《とうめい》人間になってしまう。

「ではババア春日はどうかね」

「あと五十年待ちな」

自分から振ってみたけど、すぐに話題を変える。

「ねぇちょっと聞いてみるけど」

「ウォウウォウイェイ」

「聞け」

この友人はたまにそのお尻《しり》を蹴《け》っ飛ばしたくなる。危《あや》うい。

「聞きましょう、なに？」

「年上と仲良くなる、コツみたいなのって分かる？」

こんな家に籠《こ》もりきりのやつへ質問することではないかもしれないけど、意外と詳《くわ》しいみたいなことがある、かも、しれないじゃないか。

「聞く相手を間違えたな」

なぜか少し勝ち誇るように言われてしまった。

「まったくね」

「コイバナ？」

「それこそ話す相手を間違えていると思う」

あまり期待せずに聞いてよかった。

明神明《みょうじんあきら》の姉、陽《あきら》のことだった。

始末することを前提にして、実際そちらの方が後腐《あとくさ》れなさそうなのだけど、三日ほど悩み抜いて考えを改めた。今のところ、明神明の話の広まりからするに大騒ぎしている様子もない。私の話も吹聴《ふいちょう》していないようで、あの夜のことを正確に把握《はあく》はしていないと見る。

それならば殺すのはちょっと待ったと来る。

明神明が息を潜《ひそ》めて立ち止まれば、それを見つける術《すべ》は私にない。だけど姉なら透明な弟を捕捉《ほそく》することができるはずだ。透明《とうめい》な私を察知《さっち》することができたのだから。

利用しがいがありそうだと判断した。

そのために立ち塞《ふさ》がる大きな問題は、どうやってお姉ちゃんとお友達になるかだ。

「ハードル高いなぁ」

「高いなら、くぐってしまおうホトトギス」

その思いつきをとりあえず口に出す癖《くせ》はどうにかならないのか。

「年上か……どれくらい上の相手?」

光《ひかり》が確認してくる。この話、まだ終わってなかったんだと目を泳がせる。

「ええと……四つ、五つ?」

明神明《みようじんあきら》が私の二つ上でその姉だから、それぐらいではないだろうか。

「大学生、社会人か……ふふむ」

腕を組んで生真面目《きまじめ》に考え込んでいるように見える。

でも私には分かっていた。

「本当は考えてないでしょう?」

「いやぁ意外とそうでもないよ」

光が顔を上げて提案してくる。

「脱いで迫るっていうのはどうかな」

「おばか」

「じゃあ脱がないで迫るのは」

「アホ」

「微妙《びみょう》に辛《しん》らつになった……」

いじけてしまう。でも二秒ぐらい経《た》ったら元通りになって喋《しゃべ》りかけてくる。

「春日《かすが》が友達になりましょう、にっこりすればなんとかなるんじゃないの？」

「ちょっとごたごたがあったの。仲直り、ともまた違うんだろうけど」

詳細《しょうさい》をぼやかしては説明しづらい。実際、あの件はどれくらいの認識なのか。

明神陽はあの夜を、そして私をどれくらい把握《はあく》しているのか。

「じゃあそのごたごたを解決すれば終わりですね」

「そーね」

間違ってはいないところが絶妙に顔を引きつらせる。

「まーがんばってね」

「ばるよ」

心ない応援を受けて、乾いた笑いが起こる。

結局、会ってみて出たとこ勝負しかなさそうだった。

駄目なら殺せばいい。どちらでも私にとってマイナスにはならない。

そんな不毛な話をしながら学校に着く。他の学生も当たり前のように校舎へ向かっているし、友達同士で笑ってもいる。流れに淀《よど》みはない。行方《ゆくえ》不明になった生徒会長は、日常に投じた一石の存在感すらないのか。つくづく、個人の命は軽い。

「春日《かすが》、今度はわたしからクイズ出していい？」

「クイズ？」

「わたしの教室を当てようクイズ」

「…………………………」

「外《はず》れたらニューヨーク行きを諦《あきら》めて帰宅します」

自分の教室が分かりませんと、なぜ素直に言えないのか。

溜息《ためいき》混じりに回答する。

「1―C」

「あ、春日と同じ？」

そうよと肯定《こうてい》する。光《ひかり》は前髪を額《ひたい》で割りながら「正解」と小さく諸手《もろて》をあげる。

いくら待っても、正解の賞品は発表されなかった。

◆

超能力は、傷の上に生まれるかさぶたみたいなものだ。

欠陥《けっかん》を覆《おお》い隠《かく》すために生まれて、それが少しやり過ぎる。

今まで出会ってきた超能力者は大抵《たいてい》、能力の出自《しゅつじ》にそうした弱さがある。金属アレルギーであるわたしもまた例外ではない。今の世の中は金属に満ち溢《あふ》れている。一々《いちいち》気を遣《つか》って生きていたら窮屈《きゅうくつ》で仕方ない。特にわたしは反応がすぐに出る方で、息が詰まりそうで。

だから、と。手のひらを見る。

「…………………………」

そういう事情を踏まえて、向かう間、考えていた。

透明《とうめい》化の能力の根底にある欠陥って、なんだろう？

「春日透《とおる》さんいらっしゃいますかー？」

明らか間に合っていない時間だとは思ったけど着いた手前、一応聞いてみた。

しかし表にインターホンもない家なんてまだあるんだ、と笑ってしまう。

というわけでやむなく、元気ハツラツに呼びかけてみる。

チャイムを押してから、鞄《かばん》をいつでも開けるように手をかけて待っているとお爺《じい》さんがのっそりと出てきた。オールバック白髪爺ちゃんで、背筋《せすじ》もしっかり伸びている。振る舞いを見るに、受け答えは問題なさそうだ。近くに来ると、煙草《たばこ》の匂《にお》いが強く感じ取れた。

「孫は来ていないが……そちらは？」

孫ってことは、春日透《かすがとおる》のお祖父《じい》さんか。

「あー、わたしは春日先輩《せんぱい》の……後輩ッスね」

友達という横よりも、縦《たて》の繋《つな》がりの方がボロを出さないだろう。

「やっぱり不在ッスかー、ちょっと遅かったかな」

不慣れな土地で手書きの地図を頼りに歩くのは、なかなか難しいものだった。

来ていない、という表現が少し遅れて引っかかった。あれ、家がここじゃない？

「不在もなにも、透《とおる》の家はまた別なのだが……」

「あ、こっちお祖父《じい》さんの家なんスか。なーるほど」

そりゃあいるわけがない。あのトーメーニンゲンさん、適当教えてくれて。

朗《ほが》らかな態度を維持《いじ》しつつ、有耶無耶《うやむや》にしなければといい加減《かげん》に答える。

「先輩《せんぱい》、こっちに私の家があるって前に教えてくれたもんですから」

この家へ出入りするところはミョージンさんが見ていたらしいので、まったくご無沙汰《ぶさた》というわけじゃないはずだ。深く考えないで言ったのだけど、「家が、ほぅ」とお爺《じい》さんが色めき立つ。事情はわかんないけど、家があるという響きを気に入ったように見える。

「まぁ、自分の家ではある……あるのだな。今日も泊まりに来ると話していたが」

照れくささが混じったように額《ひたい》を掻《か》きながら、そんなことを言う。

「あ、そッスかー」

これは、こっちに来てやっぱり正解だったかもしれない。

「じゃあ放課後になったらまた来るッス」

失礼しやす、と一礼してそそくさと家の前から離れた。

お爺さんはまだ孫自慢でも話し足りないような顔をしていた。気楽だねぇ。

そこまで気難しくないお爺さんが相手で助かった。春日《かすが》透本人が釣《つ》れたら最高だったのだけど。暢気《のんき》に表へ出てきたらそのまま殺してしまう用意はできていたのだ。

人目を気にして町に潜《ひそ》む人殺しが相手なら、日中の身内のいる前で襲《おそ》うというのはなかなかに有効なのだ。細工もしづらいし、その後なんてものも考えないといけないから行動に遠慮が生まれるし、襲う側からすればいいことづくめだ。

数歩引いて、道路の真ん中から全体を見渡す。

「古風な家ッスねー」

インターホンも用意されていないことを含《ふく》めて、古き日本の家といった佇《たたず》まいだ。庭の木々や屋根瓦《がわら》も和風で、壁《かべ》を見るに木造。周りに家がないのは持ち主が死去したか、古くなって撤《てっ》去《きょ》してしまったか。騒ぎを起こしても人が寄ってくるのに時間がかかりそうな環境なのは、大助かりだ。しかし古い、と頭の高い松ノ木を見上げる。

「こういう家に似合う飾りはやっぱり、刀、とかッスかねぇ」

世間には猫を被《かぶ》っている女子高生が個人で刀を所有している？　ノー。

刀を透明化《とうめい》して隠《かく》し持っている？　ノー。

それができるなら殺害に用いるときも透明にしているはず。

刀だけでなく自分も透明人間に切り替わることができれば、ある意味サイキョー。

それができないということは能力のオンオフが利《き》かない。ミョージンさんには災難だけどわたしはそう推理する。つまり日本刀を自然に保管しておく場所が必要だ。

「で、飾ってあるなら、こっちの家が自然っしょ」

今日もこの家に来るというのなら、放課後までの間に済ませておきたい。

殺しあう前に刀を直《じか》に調べておく必要があった。

下手《へた》に細工をするつもりはなく、ただ、材質を確認しておきたい。

万が一違っていたら、大問題だ。

「さて」

きょろきょろする。

どこに潜伏《せんぷく》して、どう忍び込んだものか。

トーメーニンゲンなら楽なのにねぇ。あ、これ皮肉じゃないよと、笑う。

◆

意外なことに、光《ひかり》は途中で帰ることなく授業の終わりまで教室にいた。

そして放課後、一人でふらふら帰っていこうとする。追って、声をかけた。

「一応聞くけど、体調は？　悪かったら送るけど」

「げふんごふん」

「平気そうね」

「おいどこを見ている」

本当に調子が悪いときは独特の虚勢《きょせい》を張るのですぐに分かる。とはいえ、調子いいからと言って付いてきてもらうわけにもいかない。下駄箱《げたばこ》のあたりまで一緒《いっしょ》に歩いた後、別れることにした。

「春日《かすが》は寄り道？」

「そうね、ちょっと。それに祖父の家に泊まるから帰る方向も違うわ」

「あらそー」

光を見下ろしていると、一年生なのに、下級生でも相手しているみたいだ。

その光が前髪を左右に分ける。隠《かく》れていた目の端《はし》も露出《ろしゅつ》して、私を捉《とら》えた。

そして少し唐突《とうとつ》に挨拶《あいさつ》してくる。

「じゃあ春日も気をつけて」

「え？　あ、うん」

「また来週ー」

「……明日も来なさいよ」

光《ひかり》が頼りなく手を振って、少しよろめいて、離れていった。

「気をつけろと、言われても」

帰れよと続かなかったのでどこにかかる忠告なのか分からない。

でも確かに、気をつけないといけなかった。

明神陽《みようじんあきら》に接触を図るなら、明神明《あきら》がその周辺にいる可能性も考慮しなければいけない。警《けい》戒《かい》は不可能ではない。不可視《ふかし》という点を活《い》かそうとするなら、殺し方は自《おの》ずと限られてくるものだった。

明神明は本人が透明《とうめい》なだけだから、凶器《きようき》を隠《かく》し持つことは難しい。正確には攻撃《こうげき》に及ぶ瞬《しゆん》間《かん》まで凶器を隠し続けることができない。そうなると素手《すで》で私を殺す方が確実だ。忍び寄って首を締《し》め上げて絞殺《こうさつ》というのがパッと思いつく。後は高所から突き落とすというのも有効だ。いや高所じゃなくても道路へ突き飛ばすだけで、タイミングを計《はか》れば十分に殺せるだろう。想像して、道路を一瞥《いちべつ》する。

市営バスが走ってくるところだった。轢《ひ》かれて転がる自分を幻視《げんし》した。

頭の中で次々に自分を殺しながら、その対策を一つずつ反芻《はんすう》する。ようするに透明化の利点は相手の不意を突けるという点に集約する。そして、透明という現象を誰よりも理解しているという自信が私にはあった。見えないのにそこになにかがあるというのは、慣れなければ戸惑《とまど》うものだ。私も最初はよく色々とつまづきそうになった。それもあるときを境に、塀《へい》を乗り越えるようにするりと受け入れることができた。

あのとき、私はようやく自分の能力を手懐《てなず》けることができたのだと思う。

「でも抱きかかえてみると案外、小型犬だったのよね」

しかも主人に似て気が荒く、わがままと来る。

そういうところも含《ふく》めて最高に愛らしい。

閑話休題《かんわきゆうだい》。

歩きながら切り出し方に悩む。一突《ひとつ》きで獲物《えもの》を仕留《しと》めるのと、人付き合いの第一声は似て非なるものらしい。明神陽になんと用件を切り出せばいいのか。

男が相手だったら一目惚《ひとめぼ》れしましたも強引ながら成立するけど、同性相手には厳しいものがある。思いきりよく引かれてしまうことだろう。その方が弟の件に踏み込ませない牽制《けんせい》となって都合《つごう》いいかもしれないけど。……一考の価値が……ないか。

決めかねたまま、明神陽の家の近くまで来てしまう。曲がり角から顔を覗《のぞ》かせて、家の様子を覗く。光の言いつけを守って気をつけてみるものの、めぼしい情報は得られない。明神明が見えてくるわけでもなかった。いるのかな、あいつ。

姉を私から守るために日々、密《ひそ》かにつきまとっているのかもしれない。

透明《とうめい》人間になってやることは姉のお尻《しり》を追いかけることか。

変態《へんたい》め。

いつまでも角に隠《かく》れてジッともしていられず、歩き出す。でも遅い。

動きの鈍い足の素直さに苦笑いしながら、どうしようと混乱を深める。

わざわざ家を訪ねて、偶然の出会いですは通らない。

いっそ弟さんのことについて、と開き直ってしまうか。

「……あ、そうだ」

刀を用意してから会った方がいいな、と足が止まった。

雲行きが怪《あや》しくなればそのまま殺すのだから備《そな》えは必要だ。どうせ明神陽《みょうじんあきら》には見えないのだから、携帯して会っても問題ない。友好を示す花束の代わりに縁切《えんき》りのための刀を携《たずさ》えるのが、なんとも私らしかった。

無駄足になってしまったけど一旦《いったん》、祖父の家へ引き返すことにした。

決して、先延ばしにして逃げたわけではない。

「……んー」

こんな風に困るぐらいならやっぱり、殺した方がいいかも。

帰って刀を持って、殺しに戻ろう。そうしようと、足も軽くなった。

本来の通学路から結構な回り道を経て祖父の家へと帰ってくる。その頃には日も色こそあまり変わりないけれど傾き始めていた。夕方前にはうるさく下校する小学生の集団も、既《すで》にあらかた帰ってしまった時間帯だ。

こちらに泊まることは朝に伝えてあるけれど、いきなり入っていくのも失礼なので呼び鈴《りん》を押す。遠くの柿《かき》畑に目をやって祖父が出てくるのを待った。

しばしぼぅっと、目と気が緩《ゆる》む。本当はこういうときも常に、透明《とうめい》人間の襲撃《しゅうげき》に気を張らないといけない。だけど自分の家っていうのは、どうもその辺を弱くする。

弱いというか、柔らかくしてしまうみたいだ。

「……あれ？」

家の入り口に向き直る。

祖父が出てこない。トイレかな、ともう少し待ってみるけれど一向に玄関先までやってくる人影が見えない。祖父は耳が遠くないので、聞こえなかったということはないと思う。扉を足で開こうとしてみたけど鍵《かぎ》はかかっている。外出中だろうか。でも私が来ると知っていて、そういう時間にどこかへ行くのは祖父の性格上考えにくい。

「………………………」

うたた寝、というのも考えづらくて。

縦《たて》に吹いては壁《かべ》のように目の前に留《とど》まる、嫌《いや》な空気を感じた。

玄関前を経由して、中庭の方へ迂回《うかい》する。別に、大丈夫だろうけどと根拠《こんきょ》もなく自分を安心させるような心の声を重ねながら、縁側《えんがわ》に面した通路へやってくる。靴を脱いで、座敷へ上がった。そして部屋の変化に真っ先に目が行く。

床《とこ》の間から刀が消えていた。声は出さず、驚きは目をぐりぐりと動かすに留《とど》める。

祖父が？　と疑問が瞳《ひとみ》の上を走る。ふし、ふし、と大げさに動く口の端《はし》から空気を漏《も》らして、深呼吸の代わりとした。動揺《どうよう》をいくらか飲み込んで、室内の廊下へと行く。

そこで足が止まる。息も、しばらく止まる。

祖父が部屋の前の廊下で仰向《あおむ》けになっていた。

それだけでも一大事だったけど、更《さら》に。血を凍《こお》りつかせるものがそびえ立つ。

日本刀が、祖父の喉《のど》に突き立っていた。

◆

昼前にお爺《じい》さんが買い物へ出かけたようなので、押入れから出る。忍び込むにはもう暑い季節になっていて、すっかり汗だくだった。額《ひたい》と首筋《くびすじ》を拭《ぬぐ》う。

この古い家に入り込むのは簡単だった。中庭に面した障子《しょうじ》を開いたら、すぐに部屋がある。防犯意識とかそういうものがない。春日透《かすがとおる》の刀もすぐに発見することができた。これまた厳重に保管してあることもなく、床の間の飾り物である。

保管方法としてはこれが一番自然だけど、泥棒《どろぼう》は想定してないのだろうか。田舎《いなか》町という目立つ看板は、あながち作り物でもないのかもしれない。

ま、それはいいや。

刀は見つけたけど、堂々と部屋に立って調べるには少し問題があった。防音も大して考えられていない造りだろうから、お爺さんに気づかれる可能性が高い。見つかったら口封《くちふう》じすることは決めてあるけど、ほら、わたし殺人鬼《き》じゃないし。

必要な分だけ殺して去ったほうが後味《あとあじ》いいものだ。

それと刀だけでなく家の中も一通り調べておきたいので、部屋の小さな押入れに潜《もぐ》り込んで待っていたというわけだ。埃《ほこり》っぽいし妙《みよう》に生臭《なまぐさ》いしで最悪だった。

服や髪にくっついた埃を払う。どうせならと、春日透が使っているであろう布団《ふとん》の上に落としてやった。嫌《いや》がらせお終《しま》い。

本当はとりあえず冷蔵庫で麦茶を、といきたいところだけど時間も限られているだろうから刀を持ち上げる。持ってから、ずっしりと重みを感じて、「あ」と気づく。

刀身だけでなく鞘《さや》も鉄製なのかな、という不安がよぎる。日本刀の構造なんてまじめに勉強したことがない。がっしりと摑《つか》んだ右手のこの後を思い描き、苦いものが走った。すぐに離すか考えて、けれど独特のものが来ないことに気づく。

どうも木製のようだった。鞘も金属でできているかと思っていたけど、これは助かる。

刀を左手で半分ほど引き抜いて、刀身を見つめた。

漫画で見るそれよりも柄《つか》が長く感じるしそれに、重い。とても自在には振り回せない。

鈍器みたいなものだから当たり前だけど、わざわざこれを武器にする理由あるのか。もっと軽くて扱《あつか》いやすいものが今の世にはいっぱいあるのに。

鞘《さや》の先端を床に下ろして検分する。刃の腹に人差し指を添えて、ぞわぞわと来るものを感じ取る。大丈夫、こっちは金属だ。

これなら、確実に不意を突いて仕留《しと》められる。

「普通の刀っぽいなぁ」

触っていても指が少し赤くなるだけで、透明《とうめい》になったりしない。

やっぱり春日透《かすがとおる》自身に透明化の秘訣《ひけつ》があるみたいだ。

しかしこんな重いものを口にくわえて振り回せるなんて、春日透は恐竜人間かなにかだろうか。噛《か》み付かれたら首ぐらいなら簡単に食いちぎってきそうだ。

「顎《あご》は要注意と」

鞘に刀を戻す。こいつはちゃんと戻して、春日透に使ってもらわないと。

摑《つか》んだそれを見下ろし、血の臭《にお》いが綺麗《きれい》に取り除かれていることに気づく。

この刀で孫が夜な夜な人を突き殺していると、お爺《じい》さんは知っているのだろうか。

知っていて見て見ぬふりなら共犯だし、知っていないとしたら。

お爺さんの朝方の嬉《うれ》しそうな様子を思い出す。

酷《ひど》いやつだなぁ、春日透。

「なにしてんだ、お前」

ゾッと、背筋《せすじ》が震《ふる》えた。慌《あわ》てて振り向く。

出て行ったお爺さんが廊下からわたしを覗《のぞ》いていた。忘れ物で引き返したのかと思ったけれど、スーパーの買い物袋を指に引っかけてぶら下げていた。

そういえば、スーパーが近所にあるかは調べていなかったな。

どうも、すっげー近くに、あったみたい。

あはは、ははとついつい間を取るべく笑い声が漏れた。

「あらぁー……災難ッスね」

お爺さんちょっと痩《や》せすぎじゃないの、と足音の薄さに苦笑いが浮かぶ。

さっきの、とかなんだ、とかお爺さんの口が動いている。それも手もとの刀を見ることで途《と》切《ぎ》れて、血相が変わる。うん、丁度《ちょうど》手もとにあるからこいつでいいやとしまった刀をまた引き抜く。床に倒れた鞘を蹴《け》り飛ばして部屋の隅《すみ》にやると、その動きを見たお爺さんが咄嗟《とっさ》にスーパーの荷物を放り投げて両手を突き出してくる。普通ならまずあり得ない動きだった。

あぁやっぱり、と笑う。でも、それじゃあ遅い。

わたしが失敗したばかりに、申し訳ない。

「ほんと、災難ッスよ」

率先《そっせん》して皆殺しにするほどは頭おかしくないのに。

結局いつものように、そうなっちゃうのだから。

◆

祖父に突き刺さっているそれは、時間経過によるものか斜めに傾いていた。

私がいつも使っている刀だと、一目で理解する。

すぐに身を壁《かべ》に寄せて、周囲を確認する。それから、ゆっくりと息を吐《は》いた。

目を瞑《つむ》る。

「お祖父《じい》様」

それ以上の言葉はなく、静かにその死が染みる。

傷と刀の隙間《すきま》から漏《も》れて首を濡《ぬ》らした血はすっかり乾いている。助かる見込みはないだろう。

祖父は目を見開いて、なにかに驚いたような顔をしている。

暖かみのある人だった。だけどそれは血と共に肉の外へと流出してしまっている。

誰が殺したのか。

私か？　とまず疑う。人殺しには違いない。

どれだけ矛盾《むじゅん》と無理があっても、私は、自分を疑う。

目を開き、祖父の死体を確かめる。祖父はそこにある。つまり、私ではない。

私が殺せば死体は残らないからだ。

では、誰が。

明神明《みょうじんあきら》の存在が思い浮かぶ。しかしすぐに、どうだろうとその影が濁《にご》る。

あれは私を即座に殺すこともためらうぐらいの性格だ。復讐《ふくしゅう》対象の周りから殺していこうなんて陰湿《いんしつ》な真似《まね》はまだ無理なんじゃないか。考えながら刀の柄《つか》をくわえた。

刀を慎重に、祖父を傷つけないよう引き抜く。それから、紋様《もんよう》のように付着したその血を祖父の衣服で拭《ふ》き取る。祖父の傷からも刀という抑《おさ》えが失われて、真新しい血が溢《あふ》れる。

これだけ多量の血が赤く見えたのは初めてだ。

気を抜いて見つめていると、目が回りそうになる。

「…………」

賊《ぞく》が刀で祖父を殺害したのなら、なぜ突き立てたままにしてあるのか。私絡《がら》みで動いているとするなら、明神明が関与していると思っていい。そして明神明が敵であるなら、刀を放置していくとは考えづらい。ならばこれは、見せしめ？　それとも、刀を向けられても問題ないという余裕の表れか。私なら……私が相手の立場なら、両方、だろうか。しかし私ならこうするなんて想像は役に立つのだろうか。

相手は人殺しであること以外に共通点のない他人なのだから。

「……いや、それから、もう一つ」

人を刺して助けないやつ。人殺しであることは間違いない、がそれだけじゃない。

現場に堂々、相手の得物《えもの》を残す余裕。

漂《ただよ》うは普通の人間と別種であるという歪《ゆが》んだ優越感。

相手も、超能力者だ。

立ち上がったところで、耳鳴りに混じって音が聞こえてくる。音楽と声が複数に混じり合うそれはテレビの音のようだ。音の出所は家の外ではなく、室内からに思える。祖父が聞いていたにしては不自然に大きい。祖父は耳の遠い人ではなかった。

つまり居間で待っていると知らせてくれているようだ。

玄関へ引き返して逃げ出すという賢明《けんめい》さは放り捨てて、座敷に入る。居間へ向かう前に引き出しを開けて隠《かく》れ蓑《みの》を取り出す。そこで、おや、と埃《ほこり》の偏《かたよ》りに違和感を覚える。床にうっすら積もっていた埃がなくなったり、寄ったりしていた。

誰かが手を入れて探《さぐ》ったにしても大規模だ。転がり込んだという方がそれらしい。ここに潜《せん》伏《ぷく》して祖父を殺害したのかもしれない、死体のある場所とはさほど遠くない。刀を凶器《きょうき》にしたのはその場にあったからか、それとも、なにか適していたのか。

もっとも、潜《もぐ》り込んだとしても隠れ蓑には気づかなかっただろう。

周囲を確認して、誰もいないことを確かめてから隠れ蓑をかぶる。これなら相手が明神明《みょうじんあきら》であったとしても、お互いを感知できない。私の天敵である女の顔を思い出した。今日は会いに行くどころではなさそうだ。

実はそこに少し、ホッとしていた。

正直苦手なのだ、友好的に振る舞うのは。特に相手が年上だと、尚更《なおさら》だ。

これがいっそお爺《じい》ちゃんお婆《ばあ》ちゃんの歳まで突き抜けたなら、案外いけるのだが。

祖父とはよい仲を築けていたと思う。

だから、残念だった。

寄り道を終えて居間に向かう。足音は極力殺すようすり足に努《つと》めるけど、衣擦《きぬず》れ等の細々した音はどうにもならない。室内では音がこもってごまかしきれないのだ。

これも簡易透明《とうめい》人間の弱点といえる。

そうして、訪れた居間を一定の距離を置いて覗《のぞ》く。

「…………………」

呼吸も一時打ち切って、観察する。

テレビの光を受けて、薄暗い夕暮れの居間に人影が伸びる。

面識のない小柄《こがら》な女子中学生がテレビの正面に座り込んでいた。

「いやぁー、いい家ッスねぇ。自分好きッスよ、木造建築」

テレビから目を離さずに、中学生が独《ひと》り言《ごと》のように話しかけてくる。

その周辺にはスーパーの袋が破《やぶ》られて、中身を散乱させていた。

見るに、夕飯の食材のようだ。恐らく祖父が買ってきたものだろう。

「なにがいいって、匂《にお》いがいい。独特の乾いた香りが鼻にすーっと上ってくるのがいいんスよ。金属アレルギーのせいッスかねぇ、金物臭《くさ》いのもどーもダメなんス」

そこで中学生が座ったまま振り向く。

幼い顔立ちと裏腹《うらはら》に、目の輝きには成熟したものがあった。

「見えないッスけど、いるんでしょ？　音は消せないらしいッスね」

話しかけてくるが無視する。視線は私からややずれていて、言葉の通りに見えてはいないようだ。私の能力を知っているなら、やはり明《みよう》神明《じんあきら》と接触したやつか。

生かしておく理由は一つとしてなかった。

しかし、その白々しい余裕はなんなのか。辺りに物をばら撒《ま》いているのは私の接近を察知《さっち》するためとしても、隠《かく》す気もないほどにこちらから動くのを待っている。

脇《わき》に置いたスポーツバッグに仕《し》掛けでもあるのか。

「おーおー、怖気《おじけ》づいてるッスなぁー」

女子中学生はテレビに向き直り、無防備な背中までこちらに提供してくる。

挑発《ちようはつ》も安い。中学生の知能を踏まえても自覚はあるだろう。

しかしそうした言葉に関係なく、私は行くしかなかった。
正直に言えば他に攻《せ》め手がない。
首か、腹か。位置取りを踏まえて、腹と予想する。
覚悟《かくご》して、静々《しずしず》と、迫る。
ばらけた食材の隙間《すきま》、どこに足を置いて踏み込むか見定める。
理想の身体《からだ》の動きを幾度も思い描き、目に残像を焼き付ける。
その幻想をなぞるように、床を蹴《け》った。
大根と蓮根《れんこん》の隙間《すきま》に右足をねじ込み、一瞬《いっしゅん》の溜《た》めの後、足首の動きで身体を導く。
上半身の躍動《やくどう》に、刀も追随《ついずい》する。
隠れ蓑《みの》の内側からそのまま、布越しに中学生の喉下《のどした》を貫《つらぬ》く。
祖父と同じ死に目をそこに再現する。
はずだった。
つるぅりと。
空気の上を、滑《なめ》らかに曲がる。
刀は、女子中学生の頭上を滑《すべ》っていった。
肉を掻《か》き分けることなく、空を切った。
私が目測を誤ったわけではない。だったら、この軌道《きどう》は。

刀に貫《つらぬ》かれたことで隠《かく》れ蓑《みの》の位置がずれて、私が半《なか》ば露《あらわ》となる。

伸びきった胴体を引き戻そうとするより早く、中学生が私の脇腹《わきばら》に包丁《ほうちょう》を突きたてた。振り向きざま、隠し持っていたそれを躊躇《ちゅうちょ》なく突き刺す。その思いもかけない力強さに胴体がくの字に折れて、足もとまで浮かされて宙を舞う。

揺《ゆ》さぶられる頭の中で、刀の先端《せんたん》が床や壁に接触しないことだけを意識して強引に身をよじる。脇腹と首がつりそうになりながらも間に合い、背中から倒れこんだ。二度、三度と床を跳《は》ねてその度《たび》に腰骨《こしぼね》が軋《きし》む。舞い上がった埃《ほこり》が、天井《てんじょう》と私の間を音もなく漂《ただよ》う。

数箇所が同時に痛み、それが結託《けったく》して全身を苛《いじ》め抜くようだった。

入院していた頃を、ふと、思い出す。

まとっていた隠れ蓑《みの》は自前の刀で引き裂《さ》かれてしまい、中途半端《ちゅうとはんぱ》に私を覆《おお》う。

こうなると邪魔《じゃま》なだけなので、足を振って剝《は》ぎ取る。

衝撃《しょうげき》こそあったが包丁《ほうちょう》の刃は胴にまで届いていない。

突き刺したまますぐに起き上がると、中学生が眉《まゆ》をひそめた。

「あらら」

趣味嗜好《しこう》でサイズの大きい制服を着ているわけではない。多少の仕込みはある。

透明《とうめい》な肉塊《にくかい》ぐらいは急所に忍ばせておくものだ。

見え透《す》いた誘《さそ》いに乗ったことで、お互いの手の内が一枚明かされた。

　刀を死体に残しておいた理由も察《さっ》する。深々と踏み込んできた私の一撃《いちげき》をさばいて、反撃一閃《いっせん》。本来はそこで深手を負わせて終わりにするつもりだったのだろう。

　私がこんな分かりやすい誘いも見抜けないか、敢《あ》えて乗ってくるような自信過剰《かじょう》の大ばか者とでも侮《あなど》っていたらしい。ふざけた中学生である。

　まぁ概《おおむ》ね合っていた。

　患部《かんぶ》がゾクゾクとして、そしてぞわぞわともする。

　人を殺すことには慣れてきたが、命を狙《ねら》われるのは新鮮だ。

　なんだこの能力、と未知との遭遇《そうぐう》に胸と息が弾《はず》んでいた。

　刀が滑《すべ》った。喉《のど》に突き刺さるはずのそれが不自然に逸《そ》れていった。その動きに付き合わされて顎《あご》も痛めてしまっている。……避ける力？　いやそれだと祖父を驚愕《きょうがく》させながら殺害した方法の説明ができない。なにかが、違う。

　女子中学生も膝《ひざ》を床から離して立ち上がる。脇《わき》の鞄《かばん》を抱《かか》えるように持ち上げて、テレビ画面の光を背負いながら笑う。それに応《こた》えて私も笑顔を作るが、質は大きく異なっていた。

　不意打ちに失敗した段階で私の打てる手というものはほぼ失われる。

　戒《いまし》めるように強く自負しているが、私は、強くないのだ。

　正直、こちらの手の内はほぼ透けている。丸裸《まるはだか》の対峙《たいじ》に等しかった。

　時間稼《かせ》ぎに敢《あ》えて話しかける。

「一つ確認したい」

「なんスか」

「お祖父《じい》様を殺したのは」

「おじいさま！」

中学生が手を叩《たた》いて笑い出す。

「あんたお嬢様かよ、春日透《かすがとおる》さん」

様々な意味で問答は不要のようだった。中学生が鞄《かばん》を開き、中に手を入れる。考えもろくに纏《まと》まらない。床を一瞥《いちべつ》して、中学生との距離を計算する。間にして、大またで飛び込んで二歩分。

この距離なら踏み込んで、突くことはできる。

しかし同じことの繰り返しになるようにしか思えなかった。

何度も実践《じっせん》してきた殺し方だ、偶然や気まぐれで狙《ねら》いが外《はず》れるというのはあり得ない。だけど刀を捨てて首筋《くびすじ》に噛《か》み付くのは僅《わず》かに遠い、もどかしい間だった。

中学生が鞄から取り出したのは包丁《ほうちょう》と小刀だった。指の間に次々と挟《はさ》むそれを見せびらかすようにしてくる。どれもこれも見覚えがあった。祖父の使っていたものだ。

それらを握《にぎ》り締《し》めて、高々と掲《かか》げる。そして木の葉か紙吹雪《かみふぶき》のように刃物をばら撒《ま》く。瞬《しゅん》間《かん》、背筋《せすじ》に走る悪寒《おかん》があった。その刃物がなんのために出てきたか、方法はまるで予想つかな

くとも私を刺殺するため以外あり得ないのは分かるからだ。

身を捻《ひね》り、横に飛ぼうとする。だけどそれより早く、中学生が動く。広げた指先からは一体、なんの力が働きかけたのか。

床へ落下していくしかないはずの刃物がぎゅるりと、宙を切る。統率《とうそつ》された動きで向きを変えて、一斉《いっせい》に、こちらへ飛んでくる。

やっぱりこういうのかっ、と顔の右半分が引きつった。

常識と重力を無視した急カーブを果たして、真っ直ぐ、埃漂《ほこりただよ》う空気を切り裂《さ》いて刃が迫《せま》る。正確に私を狙《ねら》った動きではないが、刃の方向はすべてこちら向きだった。

それとほぼ同時に私の身体《からだ》が飛び始める。大半は間に合ったものの、逃げ遅れた右足の腿《もも》に小刀が二本ほど突き刺さる。刺さるどころか突き抜けたのではと思うような勢いで私の足をかっさらう。床を転がりながら鋭敏《えいびん》な痛みに傷口を開拓《かいたく》されるようだった。脳と目の奥で火花が散ったように明るいものが見えて熱くなる。転がって足が回る度《たび》、パンストを突き破《やぶ》って肉に深々と入り込んだそれが足の内側を撫《な》で回す。

しかし不幸中の幸いなのか、その激痛が閉じかけた脳の覚醒《かくせい》を促《うなが》す。

転がり終えて、顔を上げるとすぐ目の前にそれが見えたのも僥倖《ぎょうこう》だった。小刀や包丁が刺さったまま、振り向くことすらなく駆《か》けて居間を出る。

「あ、逃げた!」

女子中学生が私を小ばかにしようとも耳は貸さない。留《とど》まれば敗北は必定《ひつじょう》だ。すぐに騒がしい足音が後ろに続く。三、二、一と数えて山勘《やまかん》に従って振り向き、刀を振り回す。飛んできていたカッターナイフは偶然弾《はじ》いたものの、肩をハサミにえぐられる。矢のように肩の奥まで刃が埋め込まれて、骨とぶつかった先端《せんたん》がかちかち鳴った。

うぎぃぃいいいぷ、と食いしばった奥歯のあたりで悲鳴が暴れまわる。

よろめいた頭の上を別のカッターナイフがすっ飛んでいく。やはり真っ直ぐ飛ばすのが能力の限界みたいだ。勝手に溢《あふ》れた涙と突き刺さって後退する肩を押し留めず、その流れに合わせて前へ向き直る。上半身に不安定さを覚えながらも、また走り出した。玄関の方へと一直線に駆《か》け抜けて、しかし玄関の戸をくぐることはなく、脇《わき》の階段に足をかける。上半身を捻《ねじ》って刀が壁《かべ》に当たらないようにしながら駆け上がった。その頃には追跡の足音も途《と》切《ぎ》れる。刃物もそれ以上は飛んでこなかった。

階段を駆け上がった先には祖父の書斎《しょさい》がある。二階にあるのはこの部屋だけだ。ガラス戸を横へ開け放って部屋に飛び込むと、煙草《たばこ》の匂《にお》いが鼻に入り込んできた。

祖父の残り香《が》だった。

階下は僅《わず》かな足音が聞こえるばかりで、慌《あわ》ただしくする様子は伝わってこない。途中までは追ってきていたが、二階に上がるのを見て行動の方針を変えたようだ。こちらをまだ少しは警《けい》戒《かい》しているのか或《あ》いは、確実に仕《し》留《と》めるために飛ばした刃物を回収しているのか。祖父が手を抜かず掃除《そうじ》していた台所の様子を思い出す。もう祖父が立ち上がる姿を見ることはないのだ、と実感して胸に微《かす》かな隙間《すきま》が生まれるようだった。人殺しだろうと、それぐらいの身勝手な感傷はあるものだ。

壁際《かべぎわ》に屈《かが》む。部屋の出入り口正面からやや外《はず》れた位置だ。二階なら攻《せ》めてくる方向を限定できる。部屋には窓と、その向こうに物干し用の小さなベランダがあるもののわざわざ外に回って屋根を隙《すき》だらけに伝って襲撃《しゅうげき》してくることは、単独では考えづらい。

「ま、単独という保証もないのだけれど」

でも超能力者っていうのは能力を知られるのを嫌《いや》がって、一人で動きたがるというやつも多いんじゃないだろうか。能力の全貌《ぜんぼう》を知られれば簡単に対処されることもあり得る。

私みたいに。

複数で動いていることも想定はしつつ、一人であることを祈った。机の引き出しを足で摘《つま》んで中身を確認する。ざっと調べてから、また壁際に屈み直した。

さぁ、どうしよう。

血液が身体《からだ》の中で弾《はじ》けていくこの感覚は、焦《あせ》る。だけど嫌《きら》いじゃない。

負傷から来る痛覚の蝕《むしば》みも、高揚《こうよう》を維持《いじ》する良いアクセントとなっていた。

肩の骨にかつかつと、ハサミが当たる。

ぞっくぞくだ。

「……んふ」

思えば超能力者を殺すことは初めてじゃないけど、『超能力』と面と向かって争った経験はこれまでにない。正々堂々というのは専門外だ。

慣れないことはするものじゃないな、とあがった息に苦笑する。

床に横置きした刀を見下ろす。突き出した刀は滑《すべ》るように敵を避けた。そういう力なのだろうと判断する。受けた感覚としては私ではなく、刀の方に訴《うった》えかける力のようだ。

刃物を飛ばしてきたことも含《ふく》めると、金属を操《あやつ》る力だろうか。……いや、それなら私の刀を操作して首でも引き裂《さ》いているだろう。そこまで強力ではなく、広範囲でもない。刃物が真っ直ぐ飛んできたあたり、本人が金属を避けるもしくは反発する力というところか。それなら刀の軌道《きどう》が逸《そ》れたことも納得できる。

金属アレルギーという冗談も案外、力の根源に関わっているのかもしれない。

磁力《じりょく》操作とかお手上げな相手ではないにせよ、刀で突き刺すことが不可能なら、どうするか。

「……………………」

首筋《くびすじ》に嚙《か》みつければ食いちぎるぐらいはできるが、そこまでの接近を許してくれるものか。

迷彩《めいさい》用の布は一階に捨ててきたし、新しく作成しようにも材料となる人間の確保も難しい。

迷彩は無理、刀も普通にやっていては届かない、接近も困難。

残るのは、と喉《のど》の奥が鳴る。

窓を一瞥《いちべつ》する。

ベランダへ出て、手すりを蹴《け》って庭へ下りる。逃げる道は残っていた。

勿論《もちろん》、選択にはない。ここでただ逃げたところで追われて終わる。

誰よりも速く走る訓練なんかしていないし、また、課したところで不可能だ。

私は自分を低く見積もって計算しようと常に意識しているが、それでも現実より過大評価してしまう場面が多々ある。私は自分が考えている以上に、できることの少ない人間だ。

祖父の仇討《あだう》ちも正面からは不可能なぐらいに。

「……だめだな」

諦《あきら》めた。肩の力を抜いて、無防備に、目を瞑《つむ》る。

どうしても打開策が思いつかない。不意を突く方法がないのだ。

私の戦い方は、不意打ちがすべてだ。

相手の死角から先制して仕留《しと》める、それ以外の戦い方では誰にも勝てない。

私は弱さを理由にめいっぱい、卑怯《ひきょう》であり続けるしかない。

自分の吐息《といき》を意識しながら、流れというものを感じ取り、振り返る。

あの夜、明神陽《みょうじんあきら》と明《あきら》の殺害に失敗してから順調だった流れに狂《くる》いが生じた。

その結果、主を失った部屋で膝《ひざ》をつく羽目となる。

大小様々な失敗と予想外の展開が目眩《めまい》に似たものを引き起こして。

思わず吐露《とろ》してしまう。

「たまらないわ……」

ただ、幸せになりたいだけなのに。

困難に見舞われて。

災難が襲《おそ》いかかり。

思い通りになんて、決していかなくて。

本当に、たまらない。

あぁ、あぁと。恍惚《こうこつ》に、骨が打ち震《ふる》える。

法悦《ほうえつ》とは正にこのことだ。

「人生は、こうでなくっちゃ」

俯《うつむ》き涙したくなるほどの困難がある。

人知を超える災難がある。

そして、その試練に立ち向かう勇気が人にはある。

思い描く人生への理不尽《りふじん》なる暴力を乗り越えて、思い通りにねじ伏《ふ》せていくことの、なんという快楽か。私は今、危機に陥《おちい》っている。大変である、死にそうである。

それは幸せに向けて実に順調に歩んでいるということに他ならない。

これを喜ばないでいられるものか。

困難を乗り越えてその頂上から下っていく快感は、さながら滑《すべ》り台。

危機や試練は滑り台で遊ぶために上る段差の一つ一つに過ぎない。

あぁ、滑り台大好き。お尻《しり》の生地が擦《す》り切れるまで楽しんだものだわ。

今回はそれを味わえそうもないのが残念至極《しごく》だけど。

……そう。他になにも思いつかないなら、仕方ない。

これだけはやりたくなかったけど。

立ち上がり、机の引き出しから取り出したもので用意する。

それから。

「……お祖父《じい》様、悼《いた》みます」

たとえあなたがどんな過去を持っていても。

「忘れたくないことを、たくさん頂きました」

追悼《ついとう》を終えて、刀をくわえる。

そうして刀と共に身を捻《よじ》り、床を見下ろす。

柄《つか》が歯の上を滑《すべ》りそうになる。それを奥歯で押さえ込む。すると、飼い慣らされた唾液《だえき》が喉《のど》の奥へと引っ込んでいく。鋼鉄《こうてつ》を真似《まね》るように、口が、干上《ひあ》がる。

乾燥して割れる唇《くちびる》から滲《にじ》む血の味が、甘露《かんろ》のように舌の先を刺激した。滴《したた》る。

高ぶる。

祭りのようにはしゃぐそれに乗じて、真っ直ぐ。

刀を、床に突き立てた。

◆

透明《とうめい》な布をこっちが使えないか検討《けんとう》して裂《さ》け具合に諦《あきら》めて、それから吹き飛ばした刃物を回収していたときのことだった。

なにが起こったのかと、まばたきを止めて目の前に見入ってしまう。

家が消えた。目の前から、足もとから、音もなく。建物の輪郭《りんかく》を糸みたいに引っ張って回収されたように、中庭と地続きの場所にいきなり立たされた。

なんじゃこりゃあ、と血の気が引いてこめかみ付近が凍《こご》える。

膝《ひざ》が震《ふる》えてよろめいて、そこで自分の足もとが地面から浮いていることにも気づいた。うひい、と驚愕《きょうがく》が極《きわ》まる。だけどそこで夕日に導かれるように、宙に立つ春日透《かすがとおる》を見上げて、そしてよろめいて地面と明らかに異なる床の感触を靴の裏側に感じたところでなにが起きたかを理解する。

その突き立てた刀で『家を傷つけて』、透明にしてしまったのだ。

これが透明化《とうめい》の能力。ミョージンさんから聞いていたが、まさかここまで一気に能力が及ぶなんて。

「すげーわ……」

敵の行いであることを一時忘れて、賞賛してしまう。

この女、ひょっとして『ものが違う』ってやつなのかもしれない。

二階（のあった位置）に春日透《かすがとおる》の立っているのが見える。小刀を足に刺したままだ。それどころかハサミも、包丁《ほうちょう》も刺さりっぱなしで放ってある。包丁はともかくハサミは本人に深く突き刺さっているみたいなのに。腕が使えないから抜けないにしても、根性でどうにかしないでほしいレベルの負傷だぞ、あれ。

間の壁《かべ》を視界から取っ払うと、酷《ひど》く近い位置にいるように思えてつい口元が険《けわ》しくなる。直線距離では相当に近い、しかしお互いの武器が真っ直ぐ届くことはあり得ない。透明でも壁は健在なのだ。その感覚は口でこそ納得できても、目玉の理解が追いついていない気がした。

春日透を睨《にら》み上げながら、冷静さを取り戻そうと努《つと》める。

考えなければいけないことがあるのに、いつまでも驚いていられない。

なんのために、こんなことをした？

こちらの動きを筒抜《つつぬ》けにするためだろうか。それだけにしては大掛かりに感じる。廊下に転がる、春日透の祖父の死体も一望できる。祖父の死体に、宙に浮く孫。こんな状況を外から見られたら春日透の立場というものは崩壊《ほうかい》する。

ただそれは、よそ者であるわたしにも同じことが言えた。

持久戦《じきゅうせん》をしようにも外から丸見えにされてしまっては、目撃《もくげき》されないほうが難しい。長引かせるわけにはいかない。そういう意識に導かれて、足を動かす。

と。

がつっと引っかかりを覚えた直後、口をバカみたいに開いたまま、前へ転倒する。咄嗟《とっさ》に出した手が透明な床をつき、大げさな音を立てた。これも見えない壁に遮《さえぎ》られて外には聞こえていないのだろうか。その視覚とその他の乖離《かいり》に、脳が締《し》め付けられる。

「あい、たた……」

どこかの本当に小さな出っ張りに足が引っかかったみたいだ。右足の親指を捻《ひね》ったのか熱を帯びて痛む。殺し合いの最中であることを思い出し、すぐに起き上がる。

厄介《やっかい》な手を打たれたという実感が痛みを伴《ともな》って湧《わ》いてきた。

忍び込んで歩き回ったとはいえ他人の家なのだ。透明《とうめい》になってしまったら詳細《しょうさい》なんか分からないし、勘《かん》のようなものに頼ることもできない。春日透と追いかけっこにでもなったら不利なんてものじゃない、詰んでしまう。これは見た目以上に、マズイ。

その春日透は二階にいるまま動こうとしない。なぜだろう、あっちもその有利性は分かっているはずなのに。……いや、何度も泊まっているとはいえ自分の家ではないから、万全の自信はないのかもしれない。春日透《かすがとおる》だって、転べばお終《しま》いなのだ。

絶対的に有利となるわけではない、としたらまた同じ疑問に立ち返る。なんのためにこんなことをしたのかと。考えて、悩み、やがて答えを見つける。

わたしを、二階に誘《さそ》っているようだった。

長期戦を不可能にして、こちらの行動の自由も奪《うば》う。そして春日透は動かない、とくればわたしの行動を縛《しば》って誘導《ゆうどう》しているとしか考えられない。罠《わな》があるのだろうか。或《ある》いはわたしに刀が届かないと理解しているから、おびき寄せて正面からの競《せ》り合いに限定させることで勝機を見出そうとしているのか。

大小は不明ながら、二階に上がることでなにかがあるのは確実だった。

それが分かっていて、わたしはどうするべきか。

「ここは……」

待ち伏《ぶ》せができないなら、逃げるか、攻《せ》めるしかない。

となれば実際、大して悩むほど選択に幅《はば》はなかった。

最初の不意打ちを凌《しの》いだ時点で、春日透の方が圧倒的に劣勢なのだ。

優勢であるのに、逃げる理由はない。

こちらの能力も半《なか》ば知られている以上、二度目というものは危険だ。

ここで仕留《しと》める。それがわたしの結論だった。

大丈夫、と己《おのれ》を鼓舞《こぶ》して鞄《かばん》を担《かつ》ぎなおす。春日透が帰宅するまでに調べた範囲では襲撃《しゅうげき》への備《そな》えなんて見受けられなかった。それなら、この短時間にいかほどの仕掛けが作れるというのか。

最悪、銃《じゅう》を引っ張り出してきても弾丸《だんがん》を逸《そ》らすことはできる。

金属アレルギーから昇華《しょうか》されたわたしの超能力には、それぐらいの力はある。

格好《かっこう》つけていられないと四つんばいで移動する。床に手をついて、手探《てさぐ》りで廊下（だと思う場所）を進んだ。これ以上、余計《よけい》な傷を負うわけにはいかない。一つ一つの小さな失敗が敗因となる様《さま》を、わたしはこれまでに何度か見てきた。

そして、そいつらを殺してここまで生き残ってきたし、今度だって、そうだ。

玄関付近（靴とサンダルに触って判断）からその脇《わき》へ寄って、階段を見つける。丁度《ちょうど》、春日透が頭のずっと上に立っている構図だ。上半身を渦巻《うずま》くように激しく捻《ねじ》った、妙《みょう》な姿勢を取っている。髪の毛が滝のように下へ流れて、まさか必勝の構えというやつだろうか。

あるのなら出してみろ、そんなもの。全部、受け流してやる。

高々と腕を掲《かか》げて、春日透の無用心なスカートちゃんを指差す。

「薄いグレーってとこッスかねっ」

へぇへっへ、と虚勢《きょせい》を張る。それを受けたように春日透もまた、にぃっと。

刀をくわえたまま、口の端《はし》と頰《ほお》を窮屈《きゅうくつ》そうに、激しく偏《かたよ》らせる。

やばい、こいつも変態《へんたい》だと。ある種のシンパシーにぞくぞくしてしまう。

再び手をつき、階段を一段ずつ上っていく。徐々に迫る春日透《かすがとおる》の姿に胃の底を焦《こ》がしながら、歩みを止めない。

この状況なら、私が二階へ上がってくる瞬間《しゅんかん》に容易《たやす》く合わせられる。

そこでなにか狙《ねら》っているような雰囲気《ふんいき》だ。警戒《けいかい》するべきは、飛び道具のお出迎え。見えないということは、なにが飛んでくるか分かったものじゃない。

階段の段差が終わり、慎重に足を擦《す》って部屋の入り口の脇《わき》に立つ。見えているのに、どちらの攻撃《こうげき》も壁《かべ》に遮《さえぎ》られるというのも奇妙《きみょう》だ。透明《とうめい》であっても扉を開けて入室するしかない。扉の位置は手探《てさぐ》りで見つけるしかないけど、事前に見ておいたから形は分かる。スライド式のガラス戸だ。

壁に張り付いたまま開けるための取っ手を探《さが》す。その間も春日透はじぃっと、わたしを見つめている。切り込まれたら一足で背中をぶった切られる。遮りがその間にない、ようでいてある。一々《いちいち》、そういうことを意識しないといけないので頭がどうにかなりそうだ。ここに長居していると、ストレスともどかしさで頭が捻《ね》じ切れそうだった。そんな世界で平然とした顔をしている春日透みたいな変態《へんたい》女は、ここで始末しておくべきだと確信する。

発見した取っ手を指で引っ掛けて、わずかに戸を開く。

こいつをスライドさせたときが、勝負の始まり。

自然、額《ひたい》に熱が集《つど》う。焼けているように、汗が浮かぶ。

春日透にも緊張ぐらいはあるのか、身をよじったましかめ面《つら》を作る。

右足が練習のように一度、わたしを蹴《け》るように素振《すぶ》りする。

視線が錯綜《さくそう》し、頭が真っ白になっていく寸前。

戸を開け放つ。

勝負、と身を踊り出す。

飛び込み、こちらが包丁《ほうちょう》を放つのとほぼ同時に、春日透も動く。

捻っていた頭を、溜《た》めて溜めて、そして振り乱す。

変な声が漏《も》れそうになった。

春日透が、くわえていた刀をぶん投げてきた。身体《からだ》の勢いはそこに留《とど》まらず、下半身も連動して跳《は》ねる。左足の指に何本も挟《はさ》んだものを蹴《け》り飛ばすようにこちらへ放ってくる。彫刻刀《ちょうこくとう》、と形状から判断したそれが横回転する刀に接触して、弾《はじ》かれた瞬間《しゅんかん》に視界から消え失せた。

透明化《とうめいか》、と目を見張る。

見えない刃が、そして回転する刀が次々に包丁と接触して軌道《きどう》を変えていく。春日透へ一直線に向かうはずだったそれが勢いを失い、透明な床《ゆか》や壁《かべ》に吸い込まれるように墜落《ついらく》していく。

見えない彫刻刀も同様に弾かれているはずだが、すべてがそうとは限らずそして刀だけは勢いそのままにわたしに迫る。一歩も動けないまま、必死に能力にすがる。

回転して首元に迫る刀に対して、顔の前に手をかざしながら固まっていた。咄嗟《とっさ》に目を瞑《つむ》ってしまうと、頭の上を風の塊《かたまり》が吹き抜けていった。細々とした塵《ちり》を含んだような、彫刻刀の残りも周囲を飛び交《か》っては流れていく。首筋《くびすじ》をギザギザしたものがなぞるような感触に鳥肌が立ち、胃が迫《せ》り上がる。それは背後で刃物が鋭く突き立つ、けたたましい音を受けたことで限界を迎えて、けぽりと。緊張のあまり、口の中に胃液の味がいっぱいに広がった。

口の端《はし》からその残滓《ざんし》を垂らしつつ、強《こわ》ばっている目をこじ開ける。

び。

びっくり、した。心底驚いて、冷や汗が噴《ふ》き出る。心臓が鐘《かね》を打ち続ける。

じんわーっと、ばーっと、耳鳴りが溢《あふ》れた。

いつかどこかの映画で見た気もするけど、信じられない。人間の成《な》せる技なのか、あれ。効果の程《ほど》は定かでなくとも度肝《どぎも》を抜かれたのは間違いない。けれどその汗の嫌《いや》な流れと共に、刀が床《ゆか》に落ちる鈍い音を背中側に聞いたとき、勝った、と唇《くちびる》が釣《つ》り上がる。

春日透《かすがとおる》の憮然《ぶぜん》とした顔が、お互いの状況を物語っていた。

春日透はよろめき、一歩後ずさる。

もう春日透の足には武器が残っていない。仮に残った彫刻刀《ちょうこくとう》なり小刀なりを事前に透明化《とうめいか》していても、わたしの力が発揮《はっき》されるのは今《いま》し方《がた》証明された。それなら、動揺《どうよう》している場合か。

全身がかぁっと、熱に満ちるように温度を急上昇させていく。

ちりちりと焦燥《しょうそう》が背中を焼くようだった。

けど後がないのは相手の方なのだ。強気に出ろ、行け。

なにかしてくる前に、詰め切るという意識がわたしを急《せ》かした。刀を投げて、彫刻刀を弾《はじ》き、そして本人まで飛び込んでくれれば勝てたかもしれないのにその危険を避けたのは悪手だった。

春日透はそれに気づいているのだろうか。

気づいていてほしい。めいっぱい後悔しながら死んでいってほしいのだ。

残しておいたカッターナイフとハサミを鞄《かばん》から取り出す。ここで狙《ねら》うとすれば足だ、足を潰《つぶ》す。さっきみたいに腹を狙っても得体《えたい》の知れないもので防がれる。しかし足には出血があるのだから、見えないなにかへの心配はいらない。

これ以上は逃さずここで終わらせるためにも確実に、射抜《いぬ》く。

かける言葉もなく、指に挟《はさ》んだそれを手放して、発射する。

しかしその直後。春日透はまだ、あがく。

今度は右足を思い切り振って、刺さりっぱなしの小刀を傷口から吹っ飛ばしてきた。その動きを優先して、わたしが放ったカッターやハサミを避けるなんて選択肢《し》がないようにずべてをその足で受け止める。春日透はそのまま尻餅《しりもち》をつく。

一方のこちらへ飛んできた、縦《たて》回転する小刀はしかし、能力を発揮するまでもなくわたしの斜め上を通過していく。ぴちゃりと、回転した刀から放たれた血がわたしの頬《ほお》にかかる。がつりと、どこかに小刀の刺さる音がした。

頬《ほお》を拭《ぬぐ》い、だからなんだと呆《あき》れに似た気持ちが芽生える。枝みたいに足から刃物を生やして座り込む春日透《かすがとおる》を見下ろして、冷める。結局、この程度の抵抗だったのか。

刀をぶん投げたところで終わっていればいいのに、余計《よけい》なことをして後味《あとあじ》最低だ。

「なんかなぁ、って感じ」

幕引きの確信が口を滑《なめ》らかなものとした。春日透が目を細めて、それに応《こた》える。

「興醒《きょうざ》めって顔してるわね」

「冷え冷え」

そっちの『さめ』じゃないのだけれど、と春日透が投げやりに笑う。

笑う。笑って、そして。

その目に、揺《ゆ》れる熱を灯すように。

「それなら、」

ぎらぎらと、光が狭苦《せまくる》しさを訴《うった》えるように溢《あふ》れる。

その表情の移り変わりに、ハッとする。

丁度《ちょうど》よかったわね。

そう口の動きの続きを読み取った、「、えっ、」

なにかが、背中にのしかかってきた。

心臓が跳ねて血の気が引き、しかし、頭が燃え盛るように激しい熱を帯びる。

気づけば綿のように膨《ふく》らんだ熱気の塊《かたまり》がわたしに押し寄せていた。身体《からだ》の自由を奪《うば》われて得《え》体《たい》の知れないものに飲み込まれていく。なに、なにと目を剝《む》くとその端《はし》に映《うつ》るものがあった。

鈍く刃の光る、小刀。さっきの、飛んでいったやつ。

虚空《こくう》に刺さった小刀が肩を超えて倒れてくるのと同時に、背中が剝《む》ける。

毟《むし》られる。

形を持たない怪物が、わたしに無数の牙《きば》を剝いた。

◆

結局、失う覚悟《かくご》があるかどうかだった。

愛しい人。或《ある》いは資産。或いは日常。

或いは、人間性。

なにかを守ることを辞《や》めて、捨てていけば。人はどこまでも強くなれる。

私のように非力であっても。

私の能力は物体を透明《とうめい》にすること。ただ、それだけなのだ。

その存在を完全に消し去ることはできない。見えなくても床《ゆか》はあるし、踏めるし、別の物体を透過《とうか》することはない。それは臭《にお》いも、そして音も。目の前にありながら、真っ直ぐ届かない。

視覚がもたらすものより、実際の二人の間はずっと遠い。

「ガールフレンドに言ってやったら……最適どころか絶縁ね」

床を転げ回っている女子中学生を観賞しながら、笑う。

弾《はじ》ける音がする。ぱちぱちと、熱が私たちを覆《おお》う。そして、悲鳴が蠢《うごめ》く。

全身に回り始めたのか、名も知らない女子中学生（恐らく悪党）は一秒として同じ姿勢を保てない。焼けた栗《くり》のように跳《は》ね回り、要領を得ない悲鳴をあげ続けている。火達磨《ひだるま》とはこのことか。熱くて痛いらしく、叫《さけ》び声もその中間を訴《うった》えているようだった。服が焦《こ》げて、露出《ろしゅつ》した肌も炙《あぶ》られて赤く、そして黒く。頰《ほお》を流れる涙に煤《すす》が混じり、黒い涙が顎《あご》を伝っては蒸発していく。下着は最初から黒だった。

その女子中学生の絶望を、確信とする。

慣れ親しんだ家の中なら、目を瞑《つむ》っても室内を行き来することはできる。

見えなくとも様々な物の位置が把握《はあく》できるということは、透明《とうめい》でも問題ないということ。

だけど、他人様《ひとさま》の家に上がってからせいぜい数時間であるやつなら、どうだろう。

そこになにもかも見えないと来れば。

私の放った透明な『炎』が、すべてを焼き尽《つ》くすのならば。

立ち上がり、動かせると確かめて、駆《か》ける。窓から出て見えないベランダの手すりを蹴《け》り上げて飛び上がる。背中を追いかけてくるような熱気を振り切り、束《つか》の間、空に浸《ひた》る。そして落ちる。

二階のベランダから飛び降りると丁度《ちょうど》、家の正面へ着地した。土の上で足が跳《は》ねる。その痺《しび》れも厭《いと》わず振り返る。家が丸ごと見えなくなって寂《さび》しい限りだった。祖父の遺体は透明にならなかったようで、通路の付近に転がっている。回収したいけど、そうもいかないのだろう。本当は燃やしたくなかった。今後も厄介《やっかい》になるし、家自体に愛着というものがあるなら尚更《なおさら》だ。しかし私には他の方法が思いつかなかった。ならばこの結果を受け入れるしかない。

書斎《しょさい》で煙草《たばこ》を吸っているのだから、予備のライターがあるのは確証があった。

後は火をつけた紙束を引き裂《さ》いて、炎ごと透明としてしまえばいい。

そんなことをしたら、どうなるか。

「火を見るよりも明らか、というやつね」

空中で独《ひと》り、日の下で乾いていくミミズのように悶《もだ》え苦しむ超能力者の最後を見上げる。

◆

思考が蒸発していく。脳の焼ける音が聞こえる。

怪物《かいぶつ》がわたしを抱きしめて、焼け焦がして、離さない。

火傷《やけど》の記憶が正体を教える。

わたしを蝕《むしば》む怪物《かいぶつ》は、見えない炎だ。

逃げ、外に逃げないと。川、川、水道、なんでも、冷やさないと。熱いと痛いが交互に訪れて肌が崩《くず》れる。ひび割れた顔が剝《は》がれていくようで、怖《こわ》い、怖い。

わたしはどうなるんだ。

死ぬのか、嫌《いや》だ、なんとかならないのか、こんなところで死ぬ人間じゃない、わたしは違う、違う、特別なのに。助かる、きっと助かるなにがどんな風にどうなにかどこかが熱い熱い痛い痛い、背中も、腕も、足も、痛い。

どっち、どっちから、出た？　入り口は？　窓は？　わたしの見ている右は、部屋の右？　左？　どこを向いているかも分からない。空中にわたし一人が転がって、壁《かべ》はない、空も近い、地面も見える。どこにでも、行けそうなのに。

炎を背負った亀《かめ》のように動きが鈍い。髪が焼ける、頭皮が歪《ゆが》む。焼け付いた肌は炎を挟《はさ》むことなくはっきりと目に映《うつ》り、開いた口を閉じようとすると炎の端《はし》を嚙《か》んだ。

飲み込んだ炎が喉《のど》の内側を通っても、外とどちらが熱いのか分からなかった。

かすが、とおる。殺してやる、そこにいる、からすぐ、助けて、助けて、殺す、殺す、殺すいや助けて、火を消して、降参する、するだから、火を、助けて。

這《は》って、這って、燃えて。

透明《とうめい》が、わたしの行く先を阻《はば》んだ。

その先へ行けと、爪を立てる。無我夢中で引っかく。見えているのに、向こう側が見えているのに、助かる道が見えているのにどうしてそっちへいけないのか。

中指の爪が欠ける。指の皮も炭化して欠ける。あぁ、と声にならない悲鳴が漏《も》れたのを見逃《のが》さないように、ぼわりと、口と頭から火が侵入してくる。

脳が直接焼け焦《こ》げた瞬間《しゅんかん》、目玉から火が飛び出て機能を失う。

息苦しい暗闇《くらやみ》の中に放り出されて、すべてが見えなくなった。

亀にもなれないで底に落ちていく。

次第、次第に痛みや熱といったものからも切り離されて、意識だけが沈んでいく。

このまま、死ぬのだと分かった。

……でもそうして感覚一切《いっさい》がなくなったことで、逆に、少しだけ救われる。

偽《いつわ》りの透明の中で、死んでいかないでよかった。

今見えている暗黒は、わたしだ。

わたしのもの、わたしの世界だ。

わたしが、自分が最後まで見えている。

なんて、安心するの、だろう。

◆

そうして、名前も名乗らなかった無礼な女が死に絶えた。

人が焼け死ぬところを見るのは初めてだ。

「……やっぱり、刀で殺すのが一番ね」

見ていてさして面白《おもしろ》いものでもなかった。死体なんて見ても心は弾《はず》まない。

私は人を殺すことが好ましいだけで、その後には興味が湧《わ》かなかった。

燃えていくにつれて、女子中学生への関心も、記憶も薄れていくのを自覚する。

どんどんと、どうでもいいものになっていった。

そんなやつの敗因なんて挙《あ》げ連ねて勝ち誇る気はないが、敢《あ》えて言うなら。

「透明《とうめい》ってものを理解せず突っ込む、イノシシ頭ではね」

それこそ頭をぶつけて目を回し、状況も理解できないまま狩られて終わりだ。

刀を投げて派手な振る舞いで相手の気を乱し、炎の迫る予兆《よちょう》を悟《さと》らせない。

上手《うま》くはいったみたいだけど代償《だいしょう》は大きい。大切な武器を失ってしまった。もっとも私という『被害者』が刀だけ持ち出していては不自然なので、どう転んでも破棄《はき》するしかなかった。

そう納得はしているつもりでも、後悔が募《つの》る。

もっと勉強することがいっぱいあるなと、反省することしきりだ。

ただ、火種《ひだね》も小刀も正確に、狙《ねら》った位置へ蹴《け》っ飛ばせたのは評価できると思う。

やっぱり人間、地道な努力を欠かしてはいけない。

「ご満悦《まんえつ》ー、と……んー、超痛い」

新しい刀を用意するというのは、学生という立場には色々な面で厳しい。放火と民家の消失についてはいつもの被害者面《づら》で押し通すつもりだけど、その後は、なにをどうしていけばいいのか。心身の躍動《やくどう》が収まり、次第次第に、傷が痛む。

特に肩。ハサミの刃が丁度《ちょうど》、骨の下に食い込んでいるみたいで。

息を吸って肩が上下する度《たび》に、かちかち、かちかちと鳴る。

外から刺さっているのではなく、肩から生えているように。

そして、いつまでも血がだらしなく流れる。

血液を赤い涙と表したのは誰だったか。

私には、さして縁のないものだった。

「……まぁ、とりあえず」

当面の問題は、と目を横に泳がせる。

「どうやって消火活動したものか」

目に映《うつ》らないまま焼け焦《こ》げていく祖父の家の匂《にお》いを、強く、吸い込んだ。

次章

『超能力』

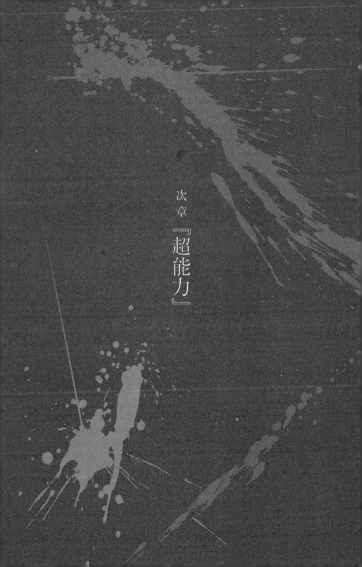

「人間から自由を取り除いたのは人間自身なんだよな。ルールを定めて社会を作り、種族を繁栄《はんえい》させた。それは素晴らしい、百パーセント正しい。俺もそう思うし、誰でもそう感じる。けどそういう気持ちと裏腹《うらはら》に、好き勝手に生きたがる本能が蘇《よみがえ》ってしまったやつ、ルールを持たない原初の人類に先祖がえりしてしまうやつがいる。その女もそうだし、そして、俺も同じなわけだ」

「…………………………」

「超能力者って、そういうやつらなんだと俺は考えている」

お前はどうだ、と言外《げんがい》に問われている気がして僕は、口をつぐむ。

田沼葉子《たぬまようこ》の手引きで接触したその中年は、器用な男だった。手前の曲がり角にあるコンビニで買ってきた海草サラダを頬張《ほおば》りながら、平然と喋《しゃべ》り続けている。

饒舌《じょうぜつ》な男でもあった。背を預けている壁《かべ》は女の子と仲良くお話してお金を払う店の一部で、昼間には人気《ひとけ》がないとはいえ、そこかしこから漏《も》れてくる臭《にお》いは酷《ひど》いものがあった。正直それだけでも留《とど》まりたくないが、男は平気そうにしている。車は数こそ少ないが通り抜けていき、当たり前だが僕に向けて奇異《きい》の目を向けてくる。もっと人目に着かない場所では駄目だったのだろうか。

「で、ペン太郎君」

「明神《みょうじん》です」

ペンギンの被《かぶ》り物をしているからといって、そんな名で呼ばれるいわれはない。

ついでに言うとこの男は、『荒窪《あらくぼ》』と名乗った。

「それ、燕《つばめ》の被り物にも見えるよな」

「はぁ」

「それに興味深いねぇ。お前さんが口にしたものも透明《とうめい》になるとは」

荒窪に譲《ゆず》り渡されたサンドイッチを、被り物の隙間《すきま》にねじ込んでは咀嚼《そしゃく》する。荒窪が言っているのはそうして飲み込んだものが透《す》けて見えないことだ。服の隙間から覗《のぞ》いても、食道を通る様子は確かめられない。鞄《かばん》を隠《かく》すときと同じ原理で、透明の内側も透明なのだ。

見透かして向こう側を覗けるのに、と考えると頭が変になりそうだった。

この感覚に養われて育ったのが、春日透《かすがとおる》という化《ば》け物なのか。

「真に堅牢《けんろう》なる透明だ。儚《はかな》くも硬い……美しい」

荒窪がうっとりとした気持ち悪い声で賞賛しながら僕を見る。

勿論《もちろん》、僕に見惚《みと》れているという気色悪い展開ではない。

僕のガワ、受けてしまった呪《のろ》いともいうべき力のことだ。

「君と出会えてよかったよ。この町の事情も、誰が悪さしているかも把握《はあく》できた。まだうちの連中が目立って動いていないのにどうなっているんだと思ったら、いやはやそんなお嬢さんがいたとはね。気性からするに、天然ものかも知れんな」

「……天然？」

その言い方が少し引っかかる。まるで、反対に属する言葉があるようで。

天然ものの超能力者の反対ということは、つまり。

「さっきも話したが、先祖がえりを起こしたやつの一人ってことだ」

残ったワカメをかっ込み、荒窪がサラダのパックを握《にぎ》り潰《つぶ》す。「あ」底に残っていた汁が飛び出て服の袖《そで》を汚した。手を振って乾かそうと試みる荒窪を眺《なが》めていると、自然、溜息《ためいき》が漏《も》れる。

荒窪は自分をリーダーではないと語った。『あぁ、俺はそんな大層なもんじゃないよ。中間管理職と糖質《とうしつ》制限に挑《いど》むおじさんね。うちのリーダーはもっと、うーん、エグイ？　能力も性格も、えぐみが酷《ひど》いね』と楽しそうに説明してくれた。

どこまで本当かは見定められないけど、糖質制限は嘘《うそ》じゃないのかもしれない。

「得体《えたい》の知れない火事も混迷の中でどうにか収まり、残ったのは身元不明の焼死体……！ヨーコだなぁこりゃ。それとその家の持ち主と見られる被害者一名、か」

昼飯と一緒《いっしょ》に購入した、地元の新聞紙を広げて荒窪《あらくぼ》が言う。

あの女は、一人生き残った春日透《かすがとおる》はどんな顔で被害者面《づら》しているのか。

想像するだけで腹の奥の胃液が沸騰《ふっとう》しそうになる。

燃えて死んだのは田沼葉子《たぬまようこ》。僕と別れてから、春日透を狙《ねら》って動いたようだ。

その結果が、返り討《う》ち。しかし他の犠牲《ぎせい》者とは違い、死体は現場に残っていた。

「謎《なぞ》の放火事件、そもそも放火というのも仮ではあるが犯人は超能力者……俺たちのせいにして世間の同情を買うわけだ。ヨーコはよそ者だし、明らか不法侵入なわけで罪をなすり付けるには最適と」

それが、春日透が死体を隠《かく》さなかった理由か。家まで燃やして自分以外の容疑者を減らすわけにはいかなかったのだろう。とことん、自分勝手な女だ。

あの女が再び姉さんを狙うようなら、そのときは。

「まぁヨーコにもなんの罪もないわけじゃないがね」

新聞を閉じた荒窪が冷淡に評する。そして新聞で空のパックを包み、くしゃくしゃに丸めてしまう。その片づけが終わってから、荒窪が僕のクチバシを見た。

「さっきから雰囲気《ふんいき》が暗いな」

そう指摘する荒窪の調子は平坦《へいたん》なものだ。

「……短い付き合いではあったけど、知り合いが死んでいい気はしない」

田沼葉子の快活な声を思い出す。姉さんと比較するのは故人を貶《おとし》めることになるので、しない。クチバシの先端《せんたん》を摘《つま》み、その気遣《きづか》いを振り返って偲《しの》んだ。

もう少し注意深く見ていれば、彼女の行動に気づいて僕にもなにかできたかもしれない。手助けなり、説得なり。死なせずに、済んだのかもしれない。

自分が神様のように全能でないと分かってはいながら、それでも、と後悔がある。

「そういうのか。甘酸っぱいよなぁ、そういうの」

しししと、歯を擦《こす》るように笑った。

「あなたには、そういう気持ちがないのか？」

感じられないので聞いてみると「ない」荒窪は涼《すず》やかに断言する。浮かべる笑みも穏《おだ》やかなものだが、面と向かうと少々、寒気を覚える。

「負けたら誰も褒《ほ》めてくれない。これ、社会の常識だぜ」

「勝ち負けの話じゃあ、」

「負けて手にできるのは同情が精々《せいぜい》だ。俺はそんなの嫌《いや》だし、ヨーコも同じさ」

話が噛《か》み合わない。しかし荒窪の言葉は少なくとも今までよりは、含《ふく》んでいた熱の伝わってくるものだ。熱した液体のように胸のうちに侵食してくるそれが、荒窪への乾いた評価に戸惑《とまど》いを与えてくる。

「どうして、一人でやったのか」

「ん？」

「仲間を待って協力すれば、確実に、犠牲《ぎせい》も出さないで……」

仕留《しと》められたとか殺すとか、口に出すのははばかられた。

たとえそれが春日透《かすがとおる》であっても、気軽に殺す殺されるなんてやり取りはできない。

「それができないから、俺たちは滅《ほろ》びる運命にあるんだろうなぁ」

向かいの建物の壁《かべ》、そしてそのずっと先を見つめるようにしながら、荒窪《あらくぼ》がぼやく。その横顔は、田沼葉子《たぬまようこ》も時折見せていたものと印象が重なる。

世間では決して見ることのできない、超能力者の素顔かもしれなかった。

「あなたたちはこれからどうするつもりなんですか？」

協力を仰《あお》ごうにも、相手は得体《えたい》の知れない集団だ。完全には信用していない。

「俺たちの方針を事細かに聞きたいかい？　あまり聞いて楽しいものじゃないが」

「春日透の件についてだけで結構です」

他のいざこざも気にならないわけじゃない。姉さんのこともある。

だけど今はそれ以上に、この身の上をどうにかしなければいけなかった。

立っているだけで足が震《ふる》える。勝手に動いて姉さんの待つ家へ帰ろうとしている。

いつか抗《あらが》えなくなる前に、自分を、取り戻さないと。

「うちのリーダーならそのブシガールを仲間にしたがるだろうな」

興味深いもの、と荒窪自身もそうした関心があるように語る。

「それなら僕は、あなたたちと協力はできない」

「急《せ》くな急ぐな慌《あわ》てるな。リーダーに指示を仰《あお》ぐ前に処理するさ」

大した件じゃあない、と荒窪が笑う。

処理。その表現を聞いて、春日透の死を連想する。

春日透が死んだとき、僕は姉さんにまた抱きしめてもらえるだろうか。

「しかし、あれだな」

排気ガスを巻き上げるようにして走る、古いトラックが目の前を通り過ぎる。

その臭《にお》いには荒窪もしかめ面になったが、構わず喋《しゃべ》り続けた。

「トラックが走っているとめっちゃ普通の田舎《いなか》町に見えるな」

「え？」

「まぁ俺たちだって車ぐらい使うから、そこまで違和感ないけどさ」

荒窪がなにを言いたいのか摑《つか》みかねる。

女の子と楽しくお話しして金を払う店も黄色と白の配色が絶妙《ぜつみょう》にセンス悪く。

他の建物は軒《のき》並みシャッターを下ろして。

そうした建造物には何十年前に貼《は》ったかも分からない興信所《こうしんじょ》の広告。

めっちゃ普通の田舎《いなか》町以外の、なんだというのか。

「……なんの話ですか？」

「ん？　あぁ、そうか。お前さんぐらいの世代には伝えてないのか」

顎《あご》を撫《な》でる。そして、なんてことないように。

荒窪《あらくぼ》が、よそ者が。僕の知らない町を見せる。

「この町の連中はみんな超能力者だ。それも人工ものばっかり。そいつを世間から隠《かく》すために、俺たちを利用しようとしているんだよ」

あとがき

よほど売れ行きが酷《ひど》くなければ次巻に続きます。
お買い上げ本当にありがとうございました。
珈琲貴族《コーヒーきぞく》さん、イラストありがとうございます。
孫かわいさで（私の子ではない）絶好調な父親と母親もありがとう。
ありましたら次巻もよろしくお願いします。

入間《いるま》人間《ひとま》

◉入間人間著作リスト

「嘘つきみーくんと壊れたまーちゃん　幸せの背景は不幸」（電撃文庫）
「嘘つきみーくんと壊れたまーちゃん2　善意の指針は悪意」（同）
「嘘つきみーくんと壊れたまーちゃん3　死の礎は生」（同）
「嘘つきみーくんと壊れたまーちゃん4　絆の支柱は欲望」（同）

「嘘つきみーくんと壊れたまーちゃん5　欲望の主柱は絆」（同）
「嘘つきみーくんと壊れたまーちゃん6　嘘の価値は真実」（同）
「嘘つきみーくんと壊れたまーちゃん7　死後の影響は生前」（同）
「嘘つきみーくんと壊れたまーちゃん8　日常の価値は非凡」（同）
「嘘つきみーくんと壊れたまーちゃん9　始まりの未来は終わり」（同）
「嘘つきみーくんと壊れたまーちゃん10　終わりの終わりは始まり」（同）
「嘘つきみーくんと壊れたまーちゃんi　記憶の形成は作為」（同）
「電波女と青春男」（同）
「電波女と青春男②」（同）
「電波女と青春男③」（同）
「電波女と青春男④」（同）
「電波女と青春男⑤」（同）
「電波女と青春男⑥」（同）
「電波女と青春男⑦」（同）
「電波女と青春男⑧」（同）
「電波女と青春男SF（すこしふしぎ）版」（同）
「多摩湖さんと黄鶏くん」（同）
「トカゲの王Ⅰ　-SDC、覚醒-」（同）

「トカゲの王Ⅱ －復讐のパーソナリティ〈上〉－」（同）
「トカゲの王Ⅲ －復讐のパーソナリティ〈下〉－」（同）
「トカゲの王Ⅳ －インビジブル・ライト－」（同）
「トカゲの王Ⅴ －だれか正しいと言ってくれ－」（同）
「クロクロクロック1/6」（同）
「クロクロクロック2/6」（同）
「安達としまむら」（同）
「安達としまむら2」（同）
「安達としまむら3」（同）
「安達としまむら4」（同）
「強くないままニューゲーム Stage1 －怪獣物語－」（同）
「強くないままニューゲーム2 Stage2 アリッサのマジカルアドベンチャー」（同）
「ふわふわさんがふる」（同）
「虹色エイリアン」（同）
「おともだちロボ チョコ」（同）
「美少女とは、斬る事と見つけたり」（同）
「探偵・花咲太郎は閃かない」（メディアワークス文庫）
「探偵・花咲太郎は覆さない」（同）

「六百六十円の事情」（同）
「バカが全裸でやってくる」（同）
「バカが全裸でやってくるVer.2.0」（同）
「昨日は彼女も恋してた」（同）
「明日も彼女は恋をする」（同）
「時間のおとしもの」（同）
「瞳のさがしもの」（同）
「彼女を好きになる12の方法」（同）
「たったひとつの、ねがい。」（同）
「19 −ナインティーン−」（同）
「エウロパの底から」（同）
「僕の小規模な奇跡」（同）
「僕の小規模な自殺」（同）
「砂漠のボーイズライフ」（同）
「神のゴミ箱」（同）
「ぼっちーズ」（同）
「僕の小規模な奇跡」（単行本　アスキー・メディアワークス）
「ぼっちーズ」（同）

本書に対するご意見、ご感想をお寄せください。

電撃文庫公式ホームページ 読者アンケートフォーム
http://dengekibunko.dengeki.com/
※メニューの「読者アンケート」よりお進みください。

ファンレターあて先
〒102-8584　東京都千代田区富士見 1-8-19
アスキー・メディアワークス電撃文庫編集部
「入間人間先生」係
「珈琲貴族先生」係

本書は書き下ろしです。

電撃文庫

美少女《びしょうじょ》とは、斬《き》る事《こと》と見《み》つけたり

入間人間《いるまひとま》

発　行　2015年8月8日　初版発行

発行者　塚田正晃
発行所　株式会社KADOKAWA
〒102-8177　東京都千代田区富士見2-13-3
プロデュース　アスキー・メディアワークス
〒102-8584　東京都千代田区富士見1-8-19
03-5216-8399（編集）
03-3238-1854（営業）
装丁者　荻窪裕司（META＋MANIERA)
印刷　株式会社暁印刷
製本　株式会社ビルディング・ブックセンター

ISBN978-4-04-865264-3　C0193　Printed in Japan

電撃文庫　http://dengekibunko.dengeki.com/
株式会社KADOKAWA　http://www.kadokawa.co.jp/

電撃文庫創刊に際して

文庫は、我が国にとどまらず、世界の書籍の流れのなかで〝小さな巨人〟としての地位を築いてきた。古今東西の名著を、廉価で手に入りやすい形で提供してきたからこそ、人は文庫を自分の師として、また青春の想い出として、語りついできたのである。

その源を、文化的にはドイツのレクラム文庫に求めるにせよ、規模の上でイギリスのペンギンブックスに求めるにせよ、いま文庫は知識人の層の多様化に従って、ますますその意義を大きくしていると言ってよい。

文庫出版の意味するものは、激動の現代のみならず将来にわたって、大きくなることはあっても、小さくなることはないだろう。

「電撃文庫」は、そのように多様化した対象に応え、歴史に耐えうる作品を収録するのはもちろん、新しい世紀を迎えるにあたって、既成の枠をこえる新鮮で強烈なアイ・オープナーたりたい。

その特異さ故に、この存在は、かつて文庫がはじめて出版世界に登場したときと、同じ戸惑いを読書人に与えるかもしれない。

しかし、〈Changing Times,Changing Publishing〉時代は変わって、出版も変わる。時を重ねるなかで、精神の糧として、心の一隅を占めるものとして、次なる文化の担い手の若者たちに確かな評価を得られると信じて、ここに「電撃文庫」を出版する。

1993年6月10日
角川歴彦